Wie vom Blitz getroffen
Das Verderben des Reichtums

Martin Schwander ist 1987 in Bern geboren und auf-
gewachsen. Er hat die pädagogische Hochschule in
Bern abgeschlossen und ist als Lehrperson auf der
Sekundarstufe 1 tätig. Die Literatur fasziniert ihn
schon seit längerer Zeit.
Nebst dem Lehrberuf gehört das Tanzen zu seiner
Leidenschaft. Seit vielen Jahren praktiziert und
unterrichtet er Breakdance.

*„Oft erlebe ich die deutsche Sprache in der Literatur als
relativ humorlos. Dieses Empfinden gab mir den Anstoss
das vorliegende Drama zu schreiben, welches einen ernsten Sachverhalt auf eine humorvolle Art unterhaltsam
darstellen soll."*

Das vorliegende Buch ist ein Roman. Handlungen und
Hauptfiguren sind frei erfunden. Die Ähnlichkeit zu realen
Personen ist nicht beabsichtigt und wäre rein zufällig.
Zudem sind jegliche Angaben und Zahlen weder
empirisch überprüft noch statistisch bewiesen, sondern
dienen lediglich der Unterhaltung im Rahmen dieses
Romans.

Martin Schwander

Wie vom Blitz getroffen
Das Verderben des Reichtums

Bibliografische Information der Deutschen Nationalbibliothek:
Die Deutsche Nationalbibliothek verzeichnet diese Publikation
in der Deutschen Nationalbibliografie; detaillierte
bibliografische Daten sind im Internet über dnb.dnb.de
abrufbar.

© 2021 Martin Schwander
Originalausgabe
Herstellung und Verlag: BoD – Books on Demand, Norderstedt

ISBN: 978-3-7534-2573-3

Gewidmet an alle, die es interessiert.

Und an Kolibris.

1

Mit dem metallischen Glanz seines Gefieders ist der Kolibri nicht nur schön anzusehen, sondern er ist durch seine Fähigkeiten auch ein sehr aussergewöhnlicher Vogel. Je nach Gattung wird er zwischen 6 und 25 cm lang, inklusive Schwanz und Schnabel. Bis heute wurden über 100 Gattungen mit mehr als 330 – 340 Arten gezählt.

Als Wirbeltier gehört er der Klasse der Vögel und der Ordnung der Seglervögel an. Allerdings ist er das einzige Tier der Familie der Kolibris, was unschwer am selben Namen zu erkennen ist. Der Name Kolibri stammt übrigens aus dem Französischen, wo er erstmals im 18. Jahrhundert aufgetaucht war. Es wird jedoch vermutet, dass er seinen Ursprung aus einer karibischen Sprache hat. Sowohl die Herkunft wie auch die Bedeutung des Worts „Kolibri" sind noch nicht geklärt.

Im Bezug auf die Körperlänge ist der Kolibri der schnellste Flieger unter allen Vögeln. Er schafft 385 Körperlängen pro Minute. Dazu verhelfen ihm seine Flügel, mit denen er 40 – 50 Schläge pro Sekunde machen kann. Das erlaubt ihm, an Ort und Stelle fliegen zu können. Was mich aber am Kolibri am meisten erstaunt, ist dass er nicht laufen kann. Durch seine kräftigen Flügel ist er ein hervorragender Spitzensportler in der Luft, doch am Boden sind seine Beine zu schwach, um sein Gewicht tragen zu können. Mit dieser Geschichte hat der Kolibri nicht das Geringste zu tun, doch ich finde diese Informationen äusserst spannend.

An dem Tag, an dem die Geschichte anfing, ass ich einen Döner Kebab zu Mittag. Ich weiss das noch genau, weil ich vergessen hatte zu frühstücken und mein Magen um 11 Uhr laut knurrte, sodass mich mein Tischnachbar im Call Center darauf ansprach.

Als dann endlich Mittagszeit war, eilte ich freudig zur Dönerbude, bestellte euphorisch meinen Imbiss, bekam ihn ein wenig später überreicht und biss genüsslich hinein. Doch wie die Welt so ist, spielt sie einem immer einen Streich und das meistens schon bei den kleinen Dingen im Leben. Ich biss hinein, die Cocktail-sauce drang durch ein Loch an der Seite des Fladenbrots heraus und landete auf meinem weissen T-Shirt. Als wären zwei Löcher oben und unten nicht genug, musste das Fladenbrot an der Seite auch noch eins haben. Ungefähr wie dieses Mittagessen verläuft diese Geschichte.

Aus dem kleinen Lautsprecher an der Wand zu meiner Linken trällerte ein längst verstaubter Popsong.

„… I close my eyes and fantasise…"

Die 80er feierten wohl gerade ihr Comeback. Mein Tag war definitiv gelaufen. Das dachte ich jedenfalls.

2

Zurück im Call Center erwartete mich eine neue Liste mit Namen, die ich anrufen musste, um zu fragen, wie das Wohlbefinden in einem Fahrstuhl so sei. Ja genau, ich bin einer der mühsamen Anrufer, die Sie mit Fragen zu unnötigen Themen belästigt.

„Und was für Gefühle kommen in Ihnen auf, wenn der Fahrstuhl hochfährt?"

„Stellen Sie sich nun vor, der Fahrstuhl fährt nicht in den 3., sondern in den 12. Stock. Empfinden Sie etwas anderes?"

Wenn ich das nicht jeden Tag machen würde, könnte ich die Fragen eventuell mit Humor nehmen, aber irgendwann in der Routine des Alltags vergeht einem der Witz.

„Finden Sie die Abfalleimer in der Innenstadt gross genug?"

„Essen Sie manchmal mit ihrem Haustier aus demselben Gefäss?"

„Fühlen Sie sich oftmals genauso leer wie Ihr Kühlschrank?"

Die Fragen mussten jedes Mal nach einer vorgegebenen Reihenfolge vorgelesen werden. Auf diese Weise können die Forscher des Bundesamts neue Statistiken erheben. Nicht, dass die Erkenntnisse jemanden interessieren würden, doch das fast doppelt so hohe Gehalt machte die Forscher zu unseren Vorgesetzten.

Wir waren ein kleines Team mit nur sechs Call-Agents (Die Bezeichnung ist viel zu aufregend für die eigentliche Tätigkeit. In Zukunft nenne ich mich des Nervenkitzels wegen Agent Mike). Mit Karl und Ben verstand ich mich gut, wirklich befreundet waren wir jedoch nicht. Die anderen zwei männlichen Agents Pascal und Oliver waren richtige Schnarchtüten.

Als ich vom Mittag zurückkam, war das Erste, das mein Tischnachbar Pascal sagte:

„Ist das da ein Fleck auf deinem T-Shirt?"

„Nein, das ist ein Original Miró."

Ihm fiel mein Sarkasmus nicht auf.

„Ach so …", murmelte er nur und dann ging er wieder. Ich wäre nicht erstaunt gewesen, wenn er gefragt hätte, ob die Erde wirklich rund sei und meine Antwort, dass neueste Studien zeigten, dass sie wahrscheinlich dreieckig ist, kein Misstrauen ausgelöst hätte. Kopfschüttelnd lief ich an meinen Arbeitsplatz.

3

Nach vier Stunden langweiliger Fragen und einem trockenen Hals verliess ich das Call Center pünktlich um 17 Uhr. Im Bus rief mich meine Freundin an, die nichts Besseres zu tun hatte, als mich mit ihren Fragen in eine Diskussionsfalle zu locken.

„Schatz, findest du mich attraktiv?"

Da hat Mann schon von vornherein verloren.

„Ja Schatz, du bist die schönste Frau auf der Welt."

„Das sagst du jetzt bestimmt nur so. Ich glaube dir nicht."

Wie wäre es denn mit:

„Ich finde dich durchschnittlich schön, aber das ist mir egal, denn ich finde deinen Charakter ganz akzeptabel und wir haben guten Sex."

Ich war zum Scheitern verurteilt. Nach 17

Minuten konnte ich das Telefonat zu einem Abschluss bringen, was aber sicherlich noch ein Nachspiel haben würde. Die restliche Fahrt verlief ruhig.

Zuhause nahm ich mir ein Bier aus dem Kühlschrank und setzte mich vor den Fernseher auf die Couch. Ich war ziemlich erschöpft von dem Tag. Müde drückte ich auf der Fernbedienung einige Knöpfe.

Von Reality-Shows über Vor-Abend-Serien kam alles, was mich nicht interessierte. Im Anschluss an die Nachrichten wurden noch die Lottozahlen gezogen, ich hatte sechs Richtige, stellte auf einen Spielfilm um, trank das dritte Bier leer, ging Zähne putzen und fiel in mein Bett. Zwei Minuten später schlief ich bereits tief und fest.

4

Irgendwo hatte ich gehört, dass die Wahrscheinlichkeit von einem Blitz getroffen zu werden ungefähr 176 Mal grösser war, als im Lotto den Jackpot zu knacken. Im Vergleich zum Lottogewinn ist selbst die Gefahr, beim Hosenanziehen einen Unfall zu haben, 1'400 Mal wahrscheinlicher. Dennoch hatte ich das

Glück, sechs Richtige zu haben. Als ich am Morgen aufstand, nahm ich dieses freudige Ereignis jedoch noch nicht bewusst wahr. Ich wusste aber, dass etwas anders war.

Es regnete, ich verschlief meinen Wecker und als ich dann wach wurde, musste ich einen neuen Rekord im Anziehen aufstellen, um rechtzeitig den Bus zu erwischen. Den Schirm hatte ich natürlich vergessen mitzunehmen. Pünktlich aber durchnässt kam ich schliesslich im Call Center an. Ich verabscheute Morgen wie diese. Eigentlich verabscheute ich Morgen generell.

Meine Laune hellte sich erst auf, als eine Stunde später Lynn ins Büro kam. Sie war das sechste Mitglied (oder müsste es Mitgliedin heissen?) in unserem Team und die einzige Frau in der gesamten Abteilung. Lynn war umwerfend. Im Gegensatz zu mir kam sie auf die Minute eine Stunde zu spät, doch man verzieh ihr, weil es jedes Mal wie in einem 90er Hollywoodblockbuster ablief.

Der Fahrstuhl öffnete sich und bevor man sie sah, nahm man bereits ihr Parfüm wahr. Die Absatzschuhe ertönten. Gleich darauf war sie schon zu sehen. Ihr blondes Haar wehte im Wind (von wo auch immer der Wind im Büro plötzlich herkam) und die Zeit schien still zu stehen.

Lynn trug einen schwarzen engen Rock, der bis über die Knie reichte, dazu passende, schwarze Absatzschuhe und eine weisse Bluse. Das Besondere war augenfällig die Bluse. Sie war vorne komplett zugeknöpft, sodass man sie dort überhaupt nicht öffnen konnte. Um sie zu öffnen, müsste man an den Reissverschluss auf der Rückseite kommen.

Kurz fragte ich mich, wie sie sich die Bluse alleine angezogen hatte, aber als mir der Gedanke kam, dass sie vielleicht männliche Hilfe gehabt haben könnte, verdrängte ich meine Fantasien wieder.

Lynn war einfach perfekt. Sie hatte Stil und schien, soweit ich es beurteilen konnte, nett zu sein, aber so genau wusste ich das nicht, denn ich musste zugeben, häufig hatte ich noch nicht mit ihr gesprochen. Jedenfalls ist es uns allen ein Rätsel, wieso eine Frau mit Klasse wie sie in einem Call Center arbeitete. Die Theorien reichten von „sie hatte eine Wette verloren" bis zu „der Chef gibt ihr ein extrahohes Gehalt". Es wird ebenfalls erzählt, dass sie Nymphomanin war und deshalb gerne von männlichen Kollegen umgeben war. Für Letzteres hatte sie jedoch bei weitem zu wenig Sex im Büro. Ich wusste das. Ich war ja ebenfalls die ganze Zeit hier im selben Büro mit ihr.

Nichtsdestotrotz trug Lynn wesentlich dazu bei, dass die Zeit schneller vorbeiging. Ab dem Mittag erhellte sich der Himmel und die Sonne schien sogar zeitweise durch die Fenster. Von den Strahlen angeschienen, glänzte ihr Haar noch mehr, als es sonst schon tat. Was ich eigentlich den ganzen Tag gemacht hatte? Keine Ahnung mehr.

5

Kurz vor dem offiziellen Feierabend konnte auch Lynn mich nicht mehr im Büro halten und so verliess ich das Gebäude in Richtung Busstation. Der Bus kam, ich stieg ein und mit mir der Buskontrolleur. Nicht, dass ich ihn nicht schon an der Haltestelle bemerkt hätte, doch ich hatte trotzdem keine Lust, mein Ticket zu zeigen.

Widerwillig suchte ich in meiner Hosentasche und nahm das verlangte Ticket hervor. Was ich dem Buskontrolleur entgegenstreckte, war aber nicht das Ticket, sondern das Lotterielos. Mist, das Lotterielos hatte ich ganz vergessen.

Am Bahnhof lief ich zum nächsten Kiosk. Die Verkäuferin schaute mich mit grossen Augen an, die nun auch nicht so bezaubernd waren, da sie schätzungsweise 55-jährig war. Sie gratulierte mir und sagte, dass ich mich direkt an die Lotterie wenden müsse. Solch grosse Summen könne sie nicht auszahlen. Als hätte die Verkäuferin gerade 37 Millionen flüssig in ihrer Kasse. Ja genau, 37 Millionen gross war der Jackpot, den ich geknackt hatte. Wie viel Geld das war, konnte ich mir noch nicht wirklich vorstellen. Schon bald aber würde ich es wohl herausfinden.

6

Am Abend traf ich mich mit meiner durchschnittlich-hübschen Freundin Hanna. Sie kam zu mir. Zusammen sassen wir auf meinem Sofa und schauten „Stranger Things". Ich beschloss, ihr noch nichts von meinem Glück zu sagen. Wir tranken Wein, schauten auf den Bildschirm, sprachen nur das Nötigste miteinander und etwas nach Mitternacht entschieden wir, dass wir müde genug waren, um ins Bett zu gehen.

Ich putzte mir die Zähne. Ich hasste es, mir die Zähne zu putzen. Und als wäre das nicht schon schlimm genug, spülte ich mir anschliessend noch den Mund mit der ätzend-grünen Flüssigkeit. Ich hasste Mundspülungen noch mehr als das Zähneputzen. Den Würgereflex konnte ich gerade knapp unterdrücken.

Die Alltagskleider tauschte ich gegen ein Nachtshirt, legte mich ins Bett und atmete langsam ein und aus, während ich auf Hanna wartete. Die Mischung aus Wein und Mundspülung törnte mich irgendwie an. Hanna legte sich ins Bett, schaltete das Licht aus und wir hatten Gute-Nacht-Sex. 37 Millionen und Sex, was für ein Tag.

7

Als ich gegen Mittag aufstand, war Hanna bereits gegangen. Es war Samstag und sie hatte Frühschicht. Das kam mir gerade recht. Auf diese Weise konnte ich in Ruhe duschen und mich anziehen.

Es regnete noch immer. Ohne Frühstück aber mit Schirm verliess ich die Wohnung. Mit dem Bus fuhr ich in die Innenstadt. Was ich genau wollte, wusste ich nicht. Als ich drei Stunden und 40 Minuten später nach Hause kam, hatte ich jedenfalls ein neues Sony TV-

System mit Dolby-Surround bestellt. Dazu kaufte ich noch ein Sixpack Bier, das ich auf den Küchentisch stellte.

Als es dunkel wurde, bekam ich Hunger. Ich griff zu meinem Smartphone. Ich hatte Lust auf Asiatisch, endete jedoch wie gewohnt bei meinem Italiener. Im Fernseher liefen die üblichen Samstagabend-Familienshows. Mir war langweilig. Ich stellte auf Netflix. Da ich „Stranger Things" nicht weiterschauen durfte, weil Hanna sonst sauer auf mich wäre, musste ich etwas Anderes suchen.

„Das ist UNSERE Serie."

Ich hörte ihre Stimme schon in meinem Kopf.

Weil ich mich nicht entscheiden konnte, klickte ich irgendwann einfach irgendetwas an. Konnte man durch Langeweile sterben? Ich war auf jeden Fall auf dem besten Weg das herauszufinden. Da erinnerte ich mich an das Sixpack auf dem Küchentisch. Der Abend wurde dadurch nicht weniger langweilig, aber wenigstens etwas erträglicher. Jedenfalls das, was ich davon noch wusste.

Nach zwei Aspirin und einer grossen Tasse schwarzen Kaffee fühlte ich mich am nächsten Morgen einigermassen überlebensfähig. Ich schaute zum Fenster raus. Der Regen dauerte weiterhin an. Im Wohnzimmer lief der Fernseher nach wie vor und eine leere Flasche Wein lag am Boden. Ich stellte den Fernseher aus.

In der Küche suchte ich nach etwas Essbarem. Es dauerte nicht lange, bis ich auf eine angefangene Tüte Chips stiess. Wann ich diese geöffnet hatte, war mir jedoch unklar. Es musste dienstags oder mittwochs gewesen sein. Ich tippte auf Mittwoch, nahm eine Handvoll Chips und stopfte sie mir in den Mund. Bon Appetit.

8

Am Nachmittag machte ich einen Spaziergang. Die frische Luft tat mir gut und ich brauchte Zeit zum Nachdenken. Durch die Strassen schlendernd kam ich schliesslich an einen Wald. Schon als Kind war ich immer gerne in den Wald gegangen.

„Pass auf Mike", schrie meine Mutter mir meistens noch hinterher.

Obwohl ich die Bedeutung dieser Worte verstanden hatte, hatten sie selten ihren Zweck erfüllt. Meistens kam ich mit verdreckten oder sogar zerrissenen Kleidern zurück.

Auch wenn ich mittlerweile erwachsen war und gelernt hatte, meine Kleidung sauber und unversehrt zu halten, ging ich noch immer gerne in den Wald. Was sollte ich bloss mit 37 Millionen anstellen? Was bedeutete das überhaupt, 37 Millionen zu besitzen?

In meinem Leben fehlte eigentlich nichts. Hauptsächlich deshalb, weil ich bald einen neuen Fernseher geliefert bekam. Das Neueste vom Neuesten. Sollte ich mir eine neue Wohnung suchen? Oder gleich ein eigenes Haus kaufen? Ich wusste es nicht. Mein Leben war im Grossen und Ganzen gut, so wie es war. Daran wollte ich auch so schnell nichts ändern. Ich hatte eine liebevolle Freundin, einen festen Job und ein Hobby.

Ich bemerkte, dass es aufgehört hatte zu regnen und zog die Regenjacke aus. Ich begann zu rennen. Fast eine Stunde später war ich dem Joggers High verdächtig nahe und beschloss, mich auf den Rückweg zu machen.

Der Weg führte mich an einer Pizzeria vorbei. Mein Magen knurrte, denn ich hatte heute noch nichts Nahrhaftes gegessen. Ich bestellte eine Pizza proscutto e funghi. Hatte ich nicht schon gestern Pizza? Ich wusste es nicht mehr.

Die Pizza war ganz in Ordnung. Der Boden war etwas zu weich und es hätte mehr Pilze drauf haben können, doch ansonsten schmeckte sie nicht schlecht. Die Pilze waren frisch und nicht aus der Dose. Das war das wichtigste Kriterium. Wie konnte man auch nur Dosenpilze für eine Pizza verwenden? Oder wie konnte man überhaupt auf die Idee kommen, Dosenpilze für irgendetwas zu verwenden? Der Unterschied ist gravierend. Nicht nur der Geschmack ist viel intensiver, sondern auch die Konsistenz beim Kauen. Dennoch verwenden viele Pizzerien nicht die frischen. Als Pizzaiolo würde ich natürlich mit der Haltbarkeit argumentieren, aber dieses Argument zählt für mich als Kunde nicht wirklich.

Ein Bus fuhr mich wieder nach Hause. Vor dem Haus im kleinen Vorgarten traf ich den halbsenilen Herrn Klause aus dem Erdgeschoss an, der gerade im Garten die Blumen goss. Wir grüssten uns stumm mit einem nicht sichtbaren Nicken.

In der Wohnung zog ich meine Schuhe aus, tauschte meine Jeans gegen eine Trainingshose und lief in die Küche. Mit einer Packung Kekse ging ich ins Wohnzimmer, trat in eine herumliegende Pizzaschachtel (Ich hatte gestern also doch Pizza!) und warf mich aufs Sofa vor den Fernseher.

9

Am Montag war Ben zurück im Call Center. Er hatte zwei Wochen Urlaub gehabt und sein Teint war nun nicht mehr Milchschokolade, sondern Zartbitter. Es war schön, ihn wieder zu sehen. Nachdem er mich informiert hatte, wie gross die Drinks, wie überteuert das Essen und wie gutaussehend die Frauen waren, im Durchschnitt eine Acht auf einer Skala von eins bis zehn, wurde dann doch noch etwas gearbeitet.

Ich erhielt eine neue Liste mit Fragen und Anweisungen. Wie immer mussten die Anweisungen genauestens befolgt werden. Auf drei langen Seiten war festgehalten, wie wichtig die Studie war und dass man die Fragen in derselben Reihenfolge mit den exakt gleichen Wörtern wie auf dem Fragebogen vorzulesen hat. Der Bund erhob diesmal eine Studie über die Küchenverhältnisse am Arbeitsplatz.

„Wie gross schätzen Sie ungefähr die Mikrowelle?"

„Ich würde sagen normale Grösse."

„Wären Sie so freundlich eine Schätzung

abzugeben?"

„In Metern?"

„Hat denn die Mikrowelle Meter?"

„Nein, wäre das nicht etwas gross für eine Mikrowelle?"

„Ich denke schon."

„Sie denken schon? Sie sind doch Experte? Sagen Sie mir, ist eine Mikrowelle mit Metergrösse nicht etwas gross?"

„Doch, das nehme ich an, aber ich bin kein Mikrowellenexperte. Ich arbeite lediglich für das Bundesamt für Statistik."

Ich kreuzte 40cm x 30cm x 30cm für den Innenraum an.

10

Montagabend war Hanna-Abend. Ich ging zu ihr. Sie musste montags nie arbeiten und wartete deshalb schon bei sich zuhause. Ich erzählte ihr von der neuen Studie über die Küchenverhältnisse am Arbeitsplatz. Hanna hörte interessiert zu. Wie sie das auch immer anstellen mochte, das Interesse schien echt zu sein. Dafür hatte sie meine grösste Achtung.

Ich war müde von der Arbeit und beschloss, ein Bad zu nehmen. Im Badezimmer liess ich das Badewasser in die Wanne ein. Nach einigen Sekunden begann das Wasser warm zu werden, bis ich meine Hand schliesslich zurückziehen und die Temperatur kälter einstellen musste, weil es zu heiss war.

Ich zog meine Kleider aus. Sachte stieg ich ins warme Wasser. Mein Körper musste sich noch etwas an die Temperatur gewöhnen. Nach einer Weile ging es jedoch schon wesentlich besser. Ich lag in der Wanne, atmete langsam ein und aus und fühlte mich gut. Meine Augen schlossen sich. Ich hatte 37 Millionen gewonnen.

11

Irgendwann musste ich es Hanna sagen. Wann genau der richtige Zeitpunkt dafür war, wusste ich nicht, doch ich führte sie am Tag darauf in ein edles Restaurant aus. Bereits bei der Reservation bestellte ich unsere Menüs. Das sollte mir einen ungestörten Moment für die erfreuliche Botschaft verschaffen.

Bei der Vorspeise schaute mich Hanna erwartungsvoll an, also platzte ich mit den Neuigkeiten heraus. Sie hatte wohl bemerkt, dass etwas los war, denn wir gingen selten

Essen und wenn, dann nicht an einem Arbeitstag. Zudem war das Restaurant weit über meiner Gehaltsklasse.

Aufgeregt erzählte ich ihr vom Lottoschein, von der Kioskverkäuferin und der Gewinnbestätigung der Lotteriegesellschaft. Sie freute sich, aber sie schien dem Ganzen nicht recht zu trauen. Dennoch feierten wir mit Champagner und Sex, jedoch nur eines davon im Restaurant.

12

Wie fühlt man sich wohl mit 37 Millionen auf dem Bankkonto? Ich jedenfalls fühlte mich nicht besonders. Als ich im Büro ankam, zitierte mich mein Chef zu sich und bestätigte mir auch gleich, dass ich nichts Besonderes war.

Ungefähr einmal pro Woche musste mein Chef seiner schlechten Laune freien Lauf lassen und holte sich jeweils einen Mitarbeiter (männlich, natürlich nie Lynn) ins Büro. Uns kam es ein wenig wie russisches Roulette vor. Man wusste nie, wer an der Reihe war. Diesmal hatte ich das Vergnügen.

Als ich aus dem Büro des Chefs kam, sah mich Karl mit einem bemitleidenden Gesichtsausdruck an. Was für eine Arschgeige. Ich meinte Karl, nicht den Chef. Obwohl den ebenfalls. Genau genommen meinte ich beide. Ich lief am Schreibtisch von Lynn vorbei. Sie blickte auf und sagte nur trocken:

„ Der Chef?"

„Ja, der Chef".

Dieses Gespräch war das Highlight meines Tages.

13

Es dauerte keinen Monat, bis der Gewinn auf meinem Konto war. Dazwischen lagen einige Telefonate und unzählige Formulare, die mir den Alltag erschwerten. Im Büro nahm alles seinen gewohnten Lauf, was ich momentan begrüsste, denn für zusätzlichen Stress hätte ich in dieser Zeit keine Nerven gehabt.

Das Opfer in den darauffolgenden Wochen würde Ben sein und das würde in nächster Zeit sicherlich so bleiben. Meiner Einschätzung nach könnte es noch Monate dauern, bis sich das ändert. Der Grund war folgender ...

Der Chef hatte uns versammelt, um ein neues Projekt vorzustellen. Er hatte sogar eine Power Point Präsentation gemacht, was er lieber hätte sein lassen sollen. Auf einer seiner

Folien hatte er „Dämon" statt „Damen" geschrieben. Er hatte das „a" mit dem „ä" und das „e" mit dem „o" vertauscht. Die Verwechslungsgefahr sei hoch, flüsterte Ben Karl daraufhin grinsend zu, leider so laut, dass es der ganze Saal hörte. Nun grinsten alle.

Das Unglück war aber nicht gewesen, dass der Chef mitbekommen hatte, was Ben gesagt hatte, obwohl das bestimmt schon genug Schaden angerichtet hätte, sondern dass er deswegen seinen Sprechtext vergessen hatte und hochrot anlief. In der peinlichen Stille konnten wir alle unser Lachen kaum unterdrücken, was das Desaster komplett machte. Bloss nicht den Boss anschauen, denn sonst könnte ich das Lachen nicht mehr zurückhalten. Doch wohin sollte ich sonst schauen?

Einzig Lynn verzog keine Miene, was verständlich war. Ihre Distanziertheit machte sie nur noch attraktiver. In diesem Moment schien sie unnahbarer und zugleich anziehender als sonst. Ich hatte also die Wahl, Lynn anzustarren, was sie bestimmt bemerken würde, oder den Chef auszulachen. Ich entschied mich für das kleinere Übel, den Chef.

14

Hanna half mir mit den ganzen Papieren. Der formelle Krimskrams lag mir nicht. Ich hatte keine Ahnung, was ich wo unterschreiben und wohin retournieren musste. Ohne Hanna wären die Formulare wochenlang herumgelegen, weil ich keine Lust dazu hatte, aber irgendwie musste ich mein TV-System ja bezahlen, das inzwischen angekommen war. Mit den neuen Möglichkeiten machte „Stranger Things" noch mehr Spass. Besonders der Ton mit seinem voluminösen Bass war aufregend.

Die Tage und „Stranger Things" vergingen wie im Flug. Nach der Arbeit und dem formellen Krimskrams war ich jeweils sehr erschöpft. Selbst das Warten auf neue Dokumente, Antwortmails oder dann schlussendlich das Geld war ermüdend. Ich vegetierte währenddessen meistens mit einem Bier in der Hand auf dem Sofa.

Hanna, die sich zwar ebenfalls erschöpft fühlte, konnte mit der Müdigkeit wesentlich besser umgehen. Sie half mir durch die Tage, indem sie mir Kugelschreiber reichte, die Lautstärke des Fernsehers managte, etwas Essbares herzauberte oder mich konstruktiv anschrie, damit ich vorwärts kam. Ab und zu holte sie mir auch ein Bier oder kraulte mich am Rücken. Diese Gesten schätzte ich sehr.

Als das Geld dann endlich auf meinem Konto ankam und ich alle staatlichen Abgaben bezahlt hatte, fühlte ich mich wie ein Bauer im Mittelalter. Viel schuften, damit ich den Grossteil wieder abgeben konnte. Zugegeben, ein millionenschwerer Bauer. Die Steuern waren allerdings riesig.

Unsere Freude konnte das hingegen nicht trüben. Wir entschieden uns, im kleinen Kreis zu feiern, sprich Hanna und ich. Wir bestellten gutes Essen, was wir die letzten zwei Tage bereits getan hatten, und tranken noch besseren Wein. Dazu schauten wir selbstverständlich „Stranger Things".

Da wir sehr müde waren, genügte das unserer Vorstellung von einer Feier. Schliesslich schliefen wir weintrinkend ein. Morgens um zwei Uhr wurden wir auf dem Sofa wach. Im Halbschlaf schleppten wir uns ins Bett, wo wir unsere Träume fortsetzten.

15

Plötzlich weckte mich ein schrilles Geräusch. Ich drehte mich zur Seite und schaute auf den Wecker. Es war 12 Minuten nach neun. Ich sollte bereits seit einer Stunde wach sein, doch selbst dann wäre ich noch eineinhalb Stunden zu spät.

Mein Kopf brummte. Ich drehte mich zurück und schlief wieder ein. Ah ja stimmt, wir hatten zum Abschluss des Vortages ein oder zwei Flaschen Wein getrunken. Es waren drei, um genau zu sein, die sich aber anfühlten wie mindestens vier. Nicht das ich wüsste, wie sich vier Flaschen Wein anfühlten.

Verspätet traf ich im Büro ein. Ben grinste mich breit an. Er sah sofort, dass ich verkatert war, was auch nicht schwer zu erkennen war, denn in der Eile hatte ich den Pullover verkehrt herum angezogen. Lynn verdrehte nur die Augen, als ich an ihr vorbeilief. Wieso war ich überhaupt ins Büro gegangen? Ich hätte genauso gut zuhause bleiben können und mir irgendetwas kaufen können. Schliesslich hatte ich 37 Millionen. Wieso sollte ich überhaupt noch arbeiten?

Ich zog den Pullover aus, drehte ihn von

innen nach aussen und zog ihn korrekt wieder an. Deshalb nahm man mich wohl nicht wirklich ernst. Das musste sich ändern. Mit 37 Millionen musste man mich ernst nehmen. Ben konnte sich dann sein Grinsen ersparen. Ich mochte ihn zwar, aber seine Visage und seine Witze gerade überhaupt nicht. Was musste ich tun, um im Beruf mehr Aufmerksamkeit zu erlangen? Ich musste ein Auftreten haben, das jedem auffällt. So wie Lynn. Wenn sie den Raum betrat, drehten sich alle nach ihr um. Dasselbe geschah auf der Strasse oder im Bus. Es gab Personen, die musste man einfach anblicken. Unbeabsichtigt schaute man automatisch hin. Ich überlegte den ganzen Tag, bis ich schliesslich die Lösung für mein Problem hatte.

Weil ich etwas später im Büro war, machte ich dafür etwas früher Feierabend, und auch weil mich dort alle mal kreuzweise konnten. Ich fuhr an die Shoppingmeile und ging in ein Herrenmodegeschäft. Blaue Anzüge, graue Anzüge, schwarze Anzüge, alles war da. Ich hätte ja gerne einen Schwarzen genommen, aber davon wurde mir abgeraten. Der moderne Mann trug grau. Mit meinem neuen Fernsehsystem fühlte ich mich gerade sehr modern, weswegen ich wohl eine leichte Beute für den

31

Verkäufer war. Mit dem neuen, grauen Anzug und zwei Hemden in einer Tasche verliess ich das Geschäft.

16

Zurück in meiner Wohnung hatte ich Lust auf meinen neuen Anzug. Stolz zog ich meine neu gewonnene Eroberung an und betrachtete mich im Badezimmerspiegel. Streifen hätten meine Figur wohl doch besser betont. Dennoch konnte nichts meine Euphorie mindern, dachte ich jedenfalls.

Meine Freundin kam nach Hause und musste loslachen, als sie mich sah. Ich erklärte ihr, dass ich es satt hatte, im Büro nicht ernst genommen zu werden. Sie schüttelte bloss den Kopf. Innerhalb von vier Minuten war mein Sieg in eine Niederlage umgewandelt worden. Ich fühlte mich wie ein Staubsauger. Irgendwie aufgeblasen und dennoch nichts Wichtiges im Innern, aber bekanntlich haben Staubsauger ja keine Gefühle. Ich schnappte mir ein Bier aus dem Kühlschrank und beendete den Tag mit Hanna und, wie konnte es anders sein, „Stranger Things" vor dem Fernseher.

17

Ich stellte den Wecker eine halbe Stunde früher als üblich und wie erwartet erklang der schrille Ton pünktlich. Er erinnerte mich an Mozart, der aus Versehen eine Kettensäge anstatt eines Klaviers erwischt hatte.

Ich sprang förmlich aus dem Bett und in den Anzug. Die Freude machte mich von null auf hundert hellwach. Beinahe vergass ich zu duschen. Der Anzug musste also wieder runter von mir. Vor lauter Eile duschte ich extraschnell mit halb soviel Wasser, machte es jedoch wieder gut, indem ich doppelt so viel Deodorant und Parfüm auftrug. Mein Auftritt im Büro musste schliesslich perfekt sein. Nach dem Duschen ging es wieder rein in den Anzug.

Ich fühlte mich gut. Und mit gut meinte ich unsterblich. Die Busfahrt kam mir kürzer als üblich vor. Die anderen Mitfahrenden sahen mich an, was wahrscheinlich wegen meines Anzugs, aber ganz sicher wegen meines selbstbewussten Auftretens der Fall war.

Eine schwarzhaarige, attraktive Frau in einem Businessdress sah mich an und lächelte mir zu. Seit mehreren Jahren fuhr ich dieselbe Busstrecke und so etwas ist mir noch nie passiert. Eine erfolgreiche, schöne Frau, die normalerweise weit über meiner Liga spielte, beachtete mich. Augenblicklich fühlte ich mich nicht mehr bloss unsterblich gut, sondern als hätte ich gerade eben zum zweiten Mal im Lotto gewonnen.

18

Anschliessend im Büro ging meine Siegeswelle weiter. Während Pascal mich mit kritischem Blick stumm musterte, grinste mich Karl spöttisch an und fragte, ob ich einen Bänker zum Frühstück verspeist hatte. Im Vorbeigehen begutachtete mich Lynn neugierig und meinte monoton:

„Schöner Anzug".

Ein Sieg auf ganzer Linie. Jetzt wusste ich, wie sich ein Boxer nach einem gewonnenen Kampf fühlen musste. Wie Muhammad Ali, der überlegen heroisch über Joe Frazier gebeugt von oben herab auf seinen Kontrahenten blickte, sah ich meine Arbeitskollegen an.

Alle im Radius von vier Metern um mich herum hatten gerade mitgekriegt, dass ich ein Kompliment von Lynn erhalten hatte. In der Geschichte der Abteilung war das bisher noch nie vorgekommen.

19

„Stranger Things" war unterdessen fast zu
Ende. Es fehlten lediglich eineinhalb Folgen, als
Hanna verkündete, dass sie müde war und ins
Bett wollte. Spassbremse. Ich wollte weiterschauen, aber wie so üblich verlor ich den
verbalen Wettkampf. Während Hanna ihre
Zähne putzte und sich umzog, sass ich weiterhin vor dem übergrossen Fernseher und nippte
lustlos an meinem Bier. Ich wollte nicht ins Bett.
37 Millionen und trotzdem keine Chance gegen
die eigene Freundin.

Ich zappte durch die verschiedenen Kanäle,
bis ich auf dem World Geographic Channel auf
eine Tierdoku über Kolibris stiess. Hanna war
längst im Bett, als ich mein nächstes und über-
nächstes Bier öffnete. Je mehr Alkohol ich intus
hatte, desto mehr drifteten meine Gedanken
von den Kolibris weg.

Wer gab Hanna eigentlich das Recht zu
bestimmen, wann ich „Stranger Things"
schauen durfte und wann nicht? Etwa unsere
fünfjährige Beziehung? Ich bin ein erwachsener
Mann, der sich nicht herumkommandieren

lässt, sondern das Leben mit seinen Entscheidungen selbst in der Hand hat. Der Mann von heute konnte selbst über sein Schicksal entscheiden und hatte die Zügel jederzeit fest im Griff.

Hanna, die unterdessen aufgewacht war, rief mir zu, wann ich endlich ins Bett kommen würde. Ich trank den letzten Schluck Bier, schaltete den Fernseher aus und ging ins Schlafzimmer. Die Kolibri-Dokumentation war eh längst fertig.

20

Es war Samstag. Ich schlief lange und wartete anschliessend auf Hanna, indem ich ausgedehnt frühstückte und einen Actionfilm schaute. Einige Scheiben Toast und spritzendes Blut empfand ich als gelungenes Aufstehen. Irgendwann wechselte ich von Bruce Willis zu Arnold Schwarzenegger. Anderer Hauptdarsteller, doch der Inhalt blieb derselbe.

Unterbrochen wurde ich nur von Herrn Klause, der bei mir in die Wohnung platzte und vergebens nach seiner Katze rief, da er dachte, es wäre sein Apartment. Mein Hunger konnte das allerdings nicht trüben. Übrigens, Herr

Klause hatte keine Katze.

Hanna konnte etwas früher Feierabend machen und da das Wetter sonnig und warm war, schnappten wir unsere Fahrräder und radelten ins Stadtbad. Auf unseren Badetüchern lagen wir gemütlich halb aufeinander und genossen die gemeinsame Zeit. Ab und zu küssten wir uns. Das Gefühl der Verbundenheit und Vertrautheit nährte uns. Als Hanna ein kleiner Appetit überkam, ging ich zum Kiosk, der von einer Masse ausgehungerter Leuten umgeben war, und kaufte eine Portion Pommes frites. Hanna sah mich strahlend an, als ich zurückkehrte und als Belohnung für den erkämpften Snack bekam ich einige weiteren Küsse und Streicheleinheiten. Sie genoss die Fritten und ich genoss ihren Anblick.

Das Ganze ging so weiter, bis es anfing zu dämmern. Gelegentlich benässten wir uns unter der Dusche. Hanna und ich waren beide keine Wasserratten. Wir schwammen nicht gerne. Die Entspannung in der Sonne mochten wir jedoch. Als es uns dann zu dunkel wurde, packten wir unsere Sachen und fuhren gemeinsam händchenhaltend im Licht der untergehenden Sonne nachhause. So jedenfalls stellte ich mir das Szenario in etwa vor.

Und Folgendes war in Wirklichkeit passiert: Kaum kamen wir im Bad an und breiteten unsere Tücher aus, kamen auch schon die Fragen.

„Ich finde, ich habe zugenommen. Meinst du nicht?"

„Irgendwie schneidet das Bikinioberteil hier unter den Achseln mehr ein als letzte Badesaison, nicht?"

„Hier bei den Hüften habe ich ja richtige Röllchen gekriegt, siehst du das?"

Ich fühlte mich wie ein Tier, das in einen Hinterhalt gelockt wurde. Ich versuchte geschickt, im Zickzack auszuweichen, leider vergebens. Die Angreiferin liess nicht locker. Verbissen stellte sie mir eine Falle nach der anderen. Jetzt konnte mich nur noch ein Ablenkungsmanöver retten.

„Hast du auch ein bisschen Hunger? Lust auf Pommes?"

Ich scheiterte. Den Fritten wurden keine Beachtung geschenkt. Stattdessen kam postwendend der nächste Angriff in Form von weiteren Fragen. Es schien, als wäre ihr Arsenal endlos. Eine Frage nach der Nächsten kam auf mich zugeschossen. Zuerst duckte ich mich noch, doch dann wurde ich unachtsam, antwortete und der Streit brach aus. Ich war in die Falle getappt.

Mittlerweile wusste ich überhaupt nicht mehr, um was es genau ging. Die Themen handelten von unbefriedigten Bedürfnissen, über „Stranger Things" zu den Pommes frites. Dabei hatten die hilflosen Fritten nun wirklich nichts falsch gemacht. Der Streit endete damit, dass ich wütend meine Sachen packte, aufs Fahrrad stieg und alleine heimfuhr.

21

Nur noch halb bei klarem Verstand landete ich im Nachtklub „Seven". Hanna hatte mich dermassen aufgeregt, dass ich beschlossen hatte, tanzen zu gehen. Die lyrischen Klänge der elektronischen Musik animierten mich zu Cocktails.

Ich war nicht wirklich ein Discogänger, aber wenn ich in einen Club ging, fand man mich üblicherweise auf der Tanzfläche. Mein tänzerisches Können war zwar nicht sehr gross, dennoch war ich besser als der Durchschnitt, berücksichtigte man die Tatsache, dass sich die meisten Männer überhaupt nicht bewegten und lediglich mit einem Getränk in der Hand vom

Rande der Tanzfläche zuschauten.

Auf der Tanzfläche lernte ich vor fünf Jahren Hanna kennen. Heute jedoch war ich nicht auf der Tanzfläche, sondern an der Bar und lernte nicht Hanna, sondern Becca kennen. Becca war dunkelhaarig, attraktiv und gut sieben Jahre jünger als ich. Sie studierte Deutsche Literaturwissenschaft an der Universität. Im Gegensatz zu ihr war ich unglücklich mitten im Berufsleben. Wir verstanden uns auf Anhieb. Gemeinsam machten wir uns über das Call Center lustig.

„Wie bist du bloss bei solch einem Job gelandet?"

„Das wüsste ich auch gerne."

Dann lachten wir. Und noch einen Cocktail. Diesmal nicht nur für mich, sondern ebenfalls für Becca. Die Unterhaltung mit ihr war ungezwungen und einfach. Ganz anders als mit Hanna. Ohne zweifelnde Gedanken an das Gesagte zu verschwenden, konnte ich frei sagen, was ich dachte.

Beccas Traum war es, in den USA zu leben. Den amerikanischen „way of life" fand sie sehr verführerisch. Die unendlichen Chancen im Land, wo alles möglich war, gefielen ihr. Was sie aber genau dort arbeiten wollte, wusste sie nicht. Vielleicht Deutschkurse anbieten, vielleicht ein eigenes Geschäft aufbauen (Bücher oder so) und darüber hinaus interessierte sie sich ebenfalls für Mode.

Ich war selbst einmal in den Staaten gewesen. Vor vier Jahren konnte ich unbezahlten Urlaub machen und war während drei Monaten mit einem Mietwagen von New York bis nach Florida gefahren. In Miami stiess Hanna dazu und zusammen sind wir dann mit dem Flugzeug nach San Francisco geflogen. Von dort taten wir dasselbe der Westküste entlang bis nach San Diego. Es war eine gute Zeit. Ich vermisste Hanna.

„Bis zum nächsten Mal Becca. Hat mich gefreut."

Verdutzt blieb sie an der Bar zurück. Na ja, lange würde sie bestimmt nicht alleine bleiben.

Den Sonntag startete ich mit einem Kater in meinem Bett. Das Bett tauschte ich im Verlaufe des Tages gegen das Sofa, der Kater jedoch blieb. Gemeinsam gingen wir dann am Abend auch wieder zu Bett. Mehrmals schickte ich Hanna Nachrichten oder versuchte sie anzurufen. Vergeblich. In zwei oder drei Tagen würde sie sich bestimmt beruhigt haben und alles würde wieder beim Alten sein.

22

Die Woche war bis auf einige Ausnahmen erdrückend monoton. Aufstehen, zur Arbeit gehen, arbeiten, nachhause kommen, essen, TV schauen, schlafen. Da machten selbst die zwei Abende mit Hanna keinen grossen Unterschied, obwohl der Gute-Nacht-Sex den Tag schon etwas aufwertete. Ja, Hanna und ich sprachen uns zwei Tage nach dem Streit aus und vertrugen uns wieder.

Am Dienstag im Bus sass im gegenüberliegenden Abteil nach dem Durchgang eine Frau um die 30 mit einem Buch. Auf dem Buchdeckel konnte ich „Denken wie ein Künstler" lesen. Das Buch widerte mich an. Wie konnte jemand der Meinung sein, dass man über etwas dermassen Komplexes ein Buch lesen konnte und dann die Materie beherrschen würde. Man konnte nicht einfach ein Buch lesen und plötzlich hatte man die Denkweise eines Künstlers. Dasselbe gilt übrigens für die Kreativität. Man konnte nicht kreativ werden, indem man darüber las.

Mit den unzähligen Youtube-Tutorials war das so eine Sache. Die heutige Gesellschaft hatte keine Grenzen. Jeder glaubte, mit den entsprechenden Hilfsmitteln alles zu können. Man schaute sich ein vierminütiges Youtube-Video an und schon war man kreativ. Aus demselben Grund gab es unzählige Castingshows mit Leuten, die ihr Können überschätzten und infolgedessen lächerlich gemacht werden. Nur weil man gerne sang, hiess das noch lange nicht, dass man es auch konnte. Zudem musste man Talent haben, um in einer Show mit zig hunderten oder tausenden Kandidaten und Kandidatinnen herauszustechen.

Als ich zur Schule ging, war in der Parallel-klasse ein Junge namens Lars. Ich nenne ihn in der folgenden Erzählung mal so, um seine wahre Identität zu schützen. In Wirklichkeit hiess er Moritz, bekannt wurde er aber unter dem Künstlernamen Vladimir.

Lars wollte bereits in der Schule Künstler werden. Er malte sehr gerne und nach der obligatorischen Schulzeit absolvierte er die Zürcher Hochschule der Künste. Nach dem Abschluss war er überzeugt, ein Profi zu sein. Er zog wieder in sein altes Quartier in das Haus neben meiner damaligen Bleibe und eröffnete ein Atelier im Erdgeschoss. Er malte jeden Tag, doch niemand interessierte sich für seine Kunst. Manchmal, wenn wir uns auf der Strasse sahen, erzählte er mir, wie schwierig es für ihn sei, finanziell durchzukommen. Aus demselben Grund musste er fast ein Jahr später eine Stelle als Verkäufer annehmen.

Mit dem festen Einkommen finanzierte er sich einen Abendkurs „Expressionistische Kunst im Inneren". Gebracht hat es nichts. Er blieb erfolglos.

Irgendwann wurde er an seiner Arbeitsstelle befördert und stieg zum Abteilungsleiter auf. Kurz darauf zog er weg, mit seiner Freundin zusammen oder so. Auf jeden Fall las ich ungefähr vor zwei Jahren einen Artikel in der Zeitung, dass es Lars tatsächlich gelungen war, einen grossen Coup mit einem US-Konzern zu landen, der seine Kunstwerke für ihr Unternehmen wollten, wodurch er Millionen verdiente.

Was ich damit eigentlich sagen wollte, war dass es mehr brauchte, als in einem blöden Buch darüber zu lesen. Man musste in die Rolle hineinwachsen, sie leben und selbst dann brauchte es noch eine grosse Portion Glück. Und wenn du kein Talent hast, mach es einfach wie ich und gewinne im Lotto.

23

In dieser Woche bekamen wir einen privaten Auftrag. Das passierte zwei bis drei Mal jährlich, dass wir Anrufe für private Unternehmen tätigten. Der Kunde war diesmal ein Bettwarengeschäft, das sein Angebot optimieren wollte.

„Schlafen Sie auf einem hellgrünen oder einem dunkelgrünen Leintuch besser?"

„Wenn Sie in ihrem Bett liegen und aus Versehen die Bettdecke verkehrtherum haben, hat Sie der Reissverschluss schon mal ins Auge gepiekst?"

„Wie viele Ihrer Bettdecken haben Quadratmuster drauf, grob geschätzt? Bitte geben Sie ihre Antwort in Prozenten an."

Am Donnerstagvormittag kam Lynn mit einigen Fragen zu mir. Wieso sie gerade zu mir kam, wusste ich nicht. Vielleicht lag es an dem Anzug (mittlerweile besass ich drei). Jedenfalls wollte sie wissen, ob sie zu der Hochzeit einer Freundin eher ein langes oder knielanges Kleid tragen sollte. Ich war etwas überrascht, aber keinesfalls unglücklich, dass sie zu mir kam.

Bei einer Frau mit ihrer Figur spielte die Länge des Kleides absolut keine Rolle. Sie könnte ebenso gut in einem Elfenkostüm dorthingehen und darin bezaubernd aussehen.

Ich riet ihr zum langen Kleid. Sie bedankte sich und verschwand wieder an ihren Schreibtisch. Das zauberte mir für den Rest des Tages ein Lächeln ins Gesicht. Ich sah aus wie ein kleines Kind, das gerade einen Lolli gekriegt hatte.

24

Am Wochenende hatte Hanna Mädelsabend mit ihrem Unihockeyclub. Wahrscheinlich gingen sie wie üblich in ihre Lieblingsbar, tranken Tequilas bis zum Abwinken und schoben den halbnackten Männern bei der Polestange zusammengefaltete Noten zu. Nein im Ernst, ich hatte keine Idee, was sie vorhatten und zugegeben, es interessierte mich auch nicht.

Ich machte mich ausgangsfertig und ging in den Club „Seven". Becca vom letzten Mal war ebenfalls im Club. Ich grüsste sie und zwinkerte ihr selbstbewusst zu. Sie erwiderte meine Handlung mit einem abschätzigen Blick und lief davon. Ich lief zur Bar. Ich fühlte mich nach einem IPA Bier, aber da ich in einem Tanzlokal war und nicht in einer Bar, hatten sie nur Lagerbier, was nicht annähernd mit einem bitteren, schmackhaften IPA vergleichbar war. Ich nahm ein Grosses.

Simon Bloem trank neben mir ein Cola Rum. Wer Simon Bloem war, wusste ich nicht, doch er stellte sich mir als Simon Bloem vor und so kamen wir ins Gespräch. Simon Bloem war der Inhaber des „Seven". Er vertraute mir an, dass der Club schon bessere Zeiten gesehen hatte. Damals als er gegründet wurde, hatte die Presse lang und breit über den Neuen in der Nachtszene berichtet. Daraufhin war der Club aus allen Nähten geplatzt. Es hatte sogar eine Warteliste für den VIP-Bereich gegeben.

Vier Cola-Rum später erzählte er mir, dass die Partys auch nach Lokalschluss häufig nicht geendet hatten. Ich schaute ihn verwirrt an. Ich wusste nicht recht, was er damit meinte. Simon hatte mit seinen Kumpels oftmals noch weiter-gefeiert. Das hatten sie natürlich nicht alleine getan, sondern in Begleitung junger, hübscher Frauen. Die Musik war weiter gelaufen, der Alkohol war weiter geflossen, die Hemmungen waren weiter gesunken. So kam es, dass der Abend nicht selten kleiderlos auf den Sofas geendet hatte. Und mit Sofas meinte Simon auch auf den Tischen, hinter der Bar, mitten auf der Tanzfläche und im Hinterzimmer. Und mit Alkohol schloss er Heroin, Kokain, Ecstasy und weitere Drogen mit ein.

Diese Zeiten lagen schon lange zurück und mittlerweile kämpfte das „Seven" ums Überleben. Simon berichtete mir, dass man immer mit neuen Ideen die Leute locken müsse. Ihm jedoch gingen die Ideen aus und so kamen immer weniger Leute in den Club. An guten Tagen war das „Seven" etwa zu dreiviertel gefüllt, an Schlechten nicht mal einen Viertel. Es fehle das Geld, um neue Stars aus der Musikszene zu engagieren und das Interieur des Lokals zu erneuern. Simon versicherte mir, dass er nicht aufgebe und weiterkämpfe, um dem Club wieder zu Glanz zu verhelfen.

Er spendierte mir ein Cola Rum, erklärte mir, dass der Cocktail im Fachjargon Cuba Libre hiess und fragte, was ich beruflich so tat. Ich erzählte ihm vom Call Center, was aber nicht immer schon meine Arbeit war. Vor langer Zeit hatte ich unter anderem zweienhalb Monate in einem Starbucks gearbeitet. Da ich mir die Namen der Kunden nicht merken konnte, wurde ich allerdings noch während der Probezeit gefeuert.

Grundsätzlich lag es nicht daran, dass ich mir die Namen wirklich nicht merken konnte, sondern es hatte mich einfach nicht interessiert.

Wen interessieren schon irgendwelche scheiss Namen? Wenn Livio dann Lionel geheissen hatte, war es nur halb so schlimm gewesen, aber wenn aus Livio eine Laura geworden war, waren die Kunden genervt gewesen und mein damaliger Vorgesetzter wütend. Vielleicht hatten sie sich auch nur in ihrem Geschlecht geschwächt gefühlt, was weiss ich? Der Manager der Filiale hatte jedenfalls keine Freude an den Reklamationen gehabt und hatte mich nach zweieinhalb Monaten frei gestellt. Simon musste lachen. Ich nahm noch ein Cuba Libre.

25

Am Sonntagnachmittag traf ich Hanna. Gemeinsam gingen wir ins Kino die animierte Version von „Lion King" schauen. Das war der gute Teil von unserem Treffen, denn im Kino konnte man nicht miteinander sprechen. Somit gab es ein vermeintlich kleineres Konfliktpotenzial.

Der unschöne Teil folgte nach dem Film. Wie Simba immer Nala unterlegen war, war es natürlich auch ich bei Hanna. Hanna gefiel es nicht, dass ich im „Seven" gewesen war. Ich verstand das zwar, da es umgekehrt gleich wäre, dennoch wollte ich mich nicht von ihr einschränken lassen. Folglich packte ich meine Trumpfkarte aus, das Argument des Vertrauens. Wenn sie mir vertraute, dann könnte ich doch problemlos ein paar Drinks im „Seven" geniessen. Das war wohl ein Fehler. So gut sich das Argument in meinem Kopf angehört hatte, brachte es Hanna erst richtig in Fahrt. Hanna und ich stampften anschliessend getrennt nachhause.

26

Die Woche begann müde vom Wochenende. Das ständige Auf und Ab mit Hanna raubte mir die Energie. Zur Feier des Tages durfte ich auch gleich noch zum Boss, um seine ausgesprochen üblen Launen zu geniessen. Offensichtlich war er über Bens Ausrutscher hinweg und brauchte ein nächstes Opfer. Ich liess den Regen an Beschimpfungen unbeeindruckt über mich ergehen. Die Fluchwörter prallten an meinem Anzug ab, als wären es Pingpong-Bällchen. Die beleidigenden Worte konnten meiner millionenschweren Person nichts anhaben.

Der emotionale Ausbruch meines Chefs gab mir Lust auf Shoppen. Der nächste logische

Schritt nach meinen Anzügen (unterdessen besass ich fünf) erschien mir ein Haus. Ich googelte nach „Immobilienmakler" in der Stadt und verschaffte mir noch am selben Tag einen Termin. Ein Taxi holte mich etwas früher als üblich von der Arbeit ab und fuhr mich zum Immobilienbüro. An der Innenseite des Schaufensters hingen viele Fotos von Häusern. Darüber war in blauer, leuchtender Schrift „Immobilien Nowak" angebracht. Das Büro war nicht sehr gross, aber modern eingerichtet.

Zuerst klärten wir meine Vorstellungen, die ich selbst nicht kannte, bevor mir einige Immobilien vorgestellt wurden. Es waren zwei Häuser dabei, die mir gefielen, doch nur eines war bereits in einem Monat beziehbar, weshalb ich mich für dieses entschied. Das Haus lag ein wenig ausserhalb des Zentrums. Gebaut war es in einem neueren, klassischen Stil.

13 Zimmer verteilten sich auf zwei Stockwerke. Zudem beinhaltete das Anwesen einen Garten und einen Pool. Die Kosten beliefen sich auf sieben Millionen Franken. Ich empfand die Immobilie als kluge Investition und abgesehen davon, war die Lage perfekt. Noch am selben Tag sicherte ich mir das Anwesen.

27

Drei Mal dürft ihr raten, wer die Investition nicht schätzte. Hanna zum ersten, zweiten und dritten. Im Nachhinein musste ich zugeben, die Voraussetzungen für ein konstruktives Gespräch waren nicht wirklich gegeben.

Voller Freude fuhr ich mit dem öffentlichen Verkehr zu ihr. Ich klingelte an ihrer Haustür. Sie öffnete und schrie mich an. Sie war noch wütend wegen des Besuchs im „Seven", weshalb es mich auch nicht erstaunte, dass sie dem Haus keine wirkliche Beachtung schenkte. Sie schrie mich weiterhin an, was mir eigentlich einfällt, einfach herzukommen, zu behaupten, ich hätte ein Haus gekauft und zu glauben, alles wäre wieder gut. Ich erwiderte, dass ich das Anwesen nicht für sie gekauft habe und das nichts mit ihr zu tun hat. Das war mein zweiter Fehler. Hanna war nicht zu bremsen, weshalb ich ihr erneut davonlief. Ich hatte keine Lust, weiter zu streiten.

Unsere ständigen Schlagabtausche hatte ich satt. Das ewige Hin und Her erinnerte mich an ein Tennismatch, nur dass es keinen Gewinner gab. Zuhause angekommen öffnete ich erstmal ein Bier und setzte mich vor den TV. Ich schaute

„Stranger Things" zu Ende und ging zu Bett. Selber schuld, wenn sie immer nur streiten wollte. Sie und ihr „Stranger Things" konnten mir gestohlen bleiben. Soll sie ihr „Stranger Things" sonst wo schauen, jedenfalls nicht auf meinem TV-System.

28

In den nächsten Tagen hörte ich nichts von Hanna und beliess es dabei. Wenn sie sich nicht meldete, tat ich es ebenfalls nicht. Das Immobilienbüro rief nochmals an und so kam es, dass ich am Mittwoch nach Feierabend vorbei ging, um die letzten Papiere zu unterzeichnen. Ich wollte einige kleine Änderungen haben, die mir nun bestätigt wurden.

Der Pool sollte automatisch bedeckt werden können. Zudem wollte ich das eine Zimmer als Spielzimmer einrichten. Nicht wie ihr jetzt denkt. Nicht ein Spielzimmer, wie in „Fifty Shades of Grey", sondern ein Zimmer mit einem Billardtisch, der im Boden versenkbar und beheizbar war. Und natürlich durfte ein Filmsaal nicht fehlen. Nebst den Änderungen bezüglich der Einrichtung wollte ich zusätzlich einige Features in der Küche eingebaut haben und etwa die Hälfte der Zimmer neu gestrichen.

Am Donnerstag ging ich in das Thai-Restaurant die Strasse runter. Normalerweise holte ich mir nur kurz etwas aus dem Supermarkt, aber da ich es mir jetzt leisten konnte, stillte ich meinen Hunger mit einem Pad Thai Gericht.

Als ich gerade mit dem Essen anfangen wollte, wurde ich seitlich von hinten angesprochen, ob der Platz neben mir noch frei sei. Verwundert antwortete ich ja, denn eigentlich blieben die Plätze neben Unbekannten immer frei, weshalb ich mich umdrehte und vor mir stand Lynn mit einem Lächeln im Gesicht. Sie strahlte mich an. Oder vielleicht war es auch nur ihr ganz normaler Gesichtsausdruck, doch die Tatsache, dass sie vor mir stand und mit mir sprach, machte sie umwerfend.

Ja, ich hatte sie nicht erkannt und stand jetzt komplett überrumpelt da. Mir fehlten die Worte. Sie lächelte noch mehr. Als ich dann meine Worte irgendwo zwischen den Nudeln gefunden hatte, begannen wir miteinander zu reden.

Lynn kam jeden Donnerstag in das Thai-Restaurant. Der Thai-Donnerstag war ihre Routine und es störte sie nicht, dass sie meistens alleine dort ass. Im Gegenteil, sie genoss das Ungestörtsein von der Hektik im Büro. Da ist es ja sehr günstig, dass ich jetzt da war, witzelte ich trocken. Sie lachte.

Trotz, dass Lynn und ich bereits seit zwei Jahren im selben Raum arbeiteten, wusste ich bis jetzt nicht, was genau ihre Aufgabe war. Ich war seit acht Jahren angestellt, Lynn war jedoch erst vor zwei Jahren neu dazugekommen. Das wiederum wusste ich auf den Monat genau.

Sie erzählte mir, dass sie für die Kundenbetreuung zuständig war. Wir sprachen über die Arbeit und lästerten über unseren Boss. Es war ein lockeres Mittagsgespräch und hätte von mir aus den ganzen Nachmittag andauern können. Mit einem Blick auf ihre Uhr verkündete sie jedoch, dass wir wohl zurück mussten. Ich hatte mehrere Millionen und musste nicht zurück, dachte ich, stand aber dennoch auf und räumte mein Tablett mit dem Geschirr weg.

Das war genug Aufregendes für einen Tag. Der Nachmittag verlief, bis auf meinen Puls, der seit dem Mittag auf geschätzte 120 war, ruhig. Am Abend brachte ich ihn dann mit einigen Dosen Bier wieder auf einen normalen Wert. Als ich zu Bett ging, war das Sixpack alle.

29

Der Wecker klingelte penetrant, aber ich ignorierte ihn gekonnt und blieb eine halbe Stunde länger im Bett liegen. Das Bier vom Vorabend war noch spürbar. Zudem war Freitag und die Arbeit interessierte mich nicht im Geringsten. Wieso ich weiterhin arbeitete, wusste ich eh nicht. Aus Spass bestimmt nicht. Ich schätzte aus Gewohnheit.

Im Bus fiel mir sofort die Frau auf, die ich letzte Woche mit dem Künstlerbuch gesehen hatte, doch diesmal hatte sie das Buch nicht dabei. Sie trug eine rote Bluse zu weissen Jeans. Die Frau war hübsch. Das war mir beim letzten Mal nicht aufgefallen. Sie las die Zeitung.

Im Büro war Lynn bereits an ihrem Platz, als ich hereinkam. Wir grüssten uns. Ich setzte mich an meinen Schreibtisch und tätigte einige Telefonate. Scheiss Telefonate.

„Und Sie essen Ihren Blumenkohl wirklich nie an einer Pfeffersauce?"

„Mögen sie denn keine Cocktailsauce zum Frühstück?"

„Sind Sie überhaupt ein Saucen-Typ? Wieso denn nicht?"

Ich langweilte mich. Am Mittag trank ich

bereits mein erstes Bier. Dazu gab es einen Salat, um mein alkoholisiertes Gewissen mit etwas Gesundem zu beruhigen. Dann endlich begann das Wochenende.

30

Hanna und ich verbrachten das Wochenende zusammen bei ihr. Ich fuhr am Samstag zu ihr, sobald sie fertig gearbeitet hatte. Wir kochten gemeinsam und kuschelten danach vor dem Fernseher. Ihr TV war viel kleiner als mein Neuer. Das Film-Feeling war nicht ansatzweise vergleichbar, hauptsächlich wegen des monotonen, frontalen Sounds. Immerhin schmeckte das Riz Casimir und der Wein machte die mangelnde Bildqualität erträglicher.

Am Sonntag gingen wir in den Wald spazieren. Es war ein richtig schönes und romantisches Wochenende, fand Hanna. Für mich war es die reinste Qual. Irgendwie war eine Distanz zwischen uns, die mich daran hinderte, das Zusammensein zu geniessen. Die Streitereien sind offensichtlich nicht spurlos an mir vorbei gegangen. Dazu kam, dass ich eh nicht gerne kochte. Ich hasste Kochen. Für irgendetwas gibt es ja den Pizzalieferservice. Wenn ich dennoch ausnahmsweise mal kochen wollte, genügte mir eine Pasta. Das war für mich hohe Kochkunst.

Hanna hingegen fand die Idee schön und so wurde ich zu einem sinnlichen Kochen zu zweit genötigt. Immerhin konnte ich während des Kochens bereits Wein trinken. Es gab „Coq au vin". Bier wäre zwar besser gewesen, aber Hanna hatte kein Bier. Sie hatte vergessen, Bier einzukaufen. Ich glaubte, dass sie das Bier mit Absicht nicht eingekauft hatte. Sie hat mir den Streit wohl noch nicht ganz verziehen.

Noch vor einer Woche hatte Hanna mich für meinen Hauskauf aufs Schärfste verurteilt und jetzt plötzlich fragte sie danach. Ich gab ihr zwar Auskunft, was der Stand der Dinge war und beschrieb ihr das Haus, das seltsame Gefühl blieb allerdings. Konnte sie sich nicht mal entscheiden, wie sie zu einer Sache stand? Am einen Tag fand sie etwas gut, dann plötzlich wiederum nicht mehr und am Schluss war es ihr eigentlich egal. Sie habe bloss ihre Gefühle ausdrücken wollen. Toll. Ihre Gefühle gingen mir auf die Nerven. Ich war erleichtert, als wir uns am Abend nach dem Essen verabschiedeten und ich zu mir fuhr. Bei mir gab es wenigstens Bier.

31

Die Umbauten und Neuerungen am Haus lagen im Zeitplan. Das freute mich. Hanna und ich schrieben oder telefonierten kaum miteinander. Das war mir egal. Die Frau im Bus las das nächste anwidernde Buch mit dem Titel „ Kreative Freiheit nach einem strikten Vorgehen". Das nervte mich.

Mein Boss hatte schlechte Laune und ich kriegte abermals eine Standpauke, was wiederum mir eine schlechte Laune verpasste. Vielleicht kriegte ich eine Zurechtweisung, weil ich vergessen hatte, die protokollierten Telefonate zu speichern und dadurch vielleicht sämtliche Daten verloren gegangen waren. Vielleicht sagte mein Boss etwas in der Weise wie:

„Ein Verhalten dieser Art toleriere ich nicht in meiner Firma."

Vielleicht war ich doch selbst Schuld. Vielleicht. Wer wusste das schon. Ich nicht. Ich hörte nämlich nicht wirklich zu. Es war mir egal, genauso ob ich nun schuld war oder nicht.

Meine Laune besserte sich, als Lynn mich fragte, ob wir am Donnerstag gemeinsam zum Thai gehen wollten. Ich sagte „Nein". Scherz. Natürlich sagte ich „Ja". Jeder Mann mit halb klarem Verstand hätte „Ja" gesagt.

Lynn mochte kein scharfes Essen. Sie nahm das Tofu-Gericht an einer Erdnusssauce. Ich ebenfalls. Dabei mochte ich eigentlich überhaupt keinen Tofu. Ich bin mehr ein Steak-Typ. Der Herr, der die Bestellungen entgegennahm, überraschte mich aber dermassen, dass ich völlig überrumpelt nur noch das Wort „Dasselbe" herausbrachte. Ich war so sehr in das Gespräch mit Lynn vertieft gewesen, dass ich vergass, mich mit den Menüs auseinanderzusetzen. Jetzt hatte ich den Schlamassel, beziehungsweise den Tofu.

Wie auch immer. Lynn tanzte in ihrer Freizeit gerne Ballett. Vom Ballett hatte sie wahrscheinlich ihre schlanke Figur. Sie trainierte in der Regel zwei Mal pro Woche. Insgeheim wünschte sie sich, mehr Auftritte zu haben, doch mit nur zwei Trainings pro Woche reiche es einfach nicht. Die Konkurrenz war gross. Ich als Laie konnte das natürlich nicht beurteilen, aber ich war mir sicher, ihr Können wäre gross genug.

Lynn hatte bereits mit sieben Jahren angefangen, Ballett zu tanzen. Nach der obligatorischen Schulzeit hatte sie drei Jahre lang eine Ballettschule in England absolviert.

Da sie allerdings danach keine Engagements bekommen hatte, musste sie sich einen Job suchen. Und so kam es, dass sie da und dort etwas Geld verdient hatte und dann schliesslich bei uns im Call Center gelandet war.

Eigentlich war sie auf der Suche nach einem neuen Job. Die Arbeit im Call Center langweilte sie. Wen nicht? Bedauerlicherweise fand sie keinen interessanteren oder besser bezahlten Job.

32

Am Freitag rief ich Hanna an, um ihr zu sagen, dass ich am Samstag Männerabend mit meinen Kumpels hatte. Erstaunt gab sie ihr Okay dazu. Der Samstag war nicht wirklich mit meinen Kumpels geplant, doch ich hatte keine Lust auf Hanna und konnte dadurch ungestört ins „Seven" gehen. Da ich bereits letztes Wochenende mit Hanna verbracht hatte, war ich erpicht darauf, tanzen zu gehen. Und mit tanzen meinte ich Saufen.

Wie üblich stand ich an der Bar, zumindest am Anfang. Als ich dann einige Drinks getrunken hatte, fand ich mich wirklich auf der Tanzfläche wieder. Ich gab meinen besten Michael

Jackson von mir. Selbst wenn ich nicht die Aufmerksamkeit der attraktiven, jungen Frau neben mir auf mich zog, kam ich mit einer Gruppe junger Männer und Frauen ins Gespräch. Sie waren aus Zürich und wollten mal in einer anderen Stadt Party machen. Die Gruppe bestand aus den drei Männern Nico, Raphael und Omar und den Frauen Lena und Tina. Alle waren schätzungsweise anfangs der 20er. Sie studierten gemeinsam an der ETH in Zürich. Von da kannten sie sich.

Es war eine lustige Gruppe und ihnen schienen meine Moves zu gefallen. Nico konnte ebenfalls den Moonwalk und so kam es zu einem Moonwalk-Duell. Sein Moonwalk war zugegeben ziemlich gut, aber sagen wir, es war unentschieden.

Ich spendierte ihnen einen Tequila. Niemand mag Tequila. Allerdings erfüllte der Tequila seinen Zweck und wir begannen zu reden. Als Dank für die Drinks sagten sie, ich solle nach draussen mitkommen. Wir gingen aus dem Club auf die Strasse und liefen in eine ruhige Seitengasse. Ich war mir nicht sicher, ob ich mich nun in Acht nehmen sollte, weil ich keine Ahnung hatte, was sie vorhatten, aber es war einer dieser Tage, an denen mir alles egal war. Oder vielleicht hatte ich auch einfach nur genug Alkohol intus, damit mir alles egal war.

Raphael, der bisher sehr wenig gesagt hatte, nahm ein kleines Schächtelchen aus seiner Jackentasche und nahm eine Zigarette heraus. Sie grinsten. Da erkannte ich, dass es keine Zigarette, sondern einen Joint war. Ich hatte bisher noch nie gekifft, doch wie bereits gesagt, es war einer dieser Tage.

Ich zog an dem Ding, hustete, die anderen lachten noch mehr und ich spürte sogleich die Wirkung. Das Gras machte mich entspannt und relaxt. Ich fühlte mich cool. Mein Anzug fehlte mir. Wir blieben eine Weile draussen, rauchten und plauderten. Der Himmel hellte sich bereits auf, da tauschten wir unser Facebook aus und verabschiedeten uns.

Mit dem Bus fuhr ich halb schlafend nachhause. Als ich am Sonntagnachmittag aufwachte, lag ich in meinem Bett. Das war schon mal sehr positiv, wenn man bedachte, dass ich mich nicht mehr an die einzelnen Details erinnern konnte. Als ich aber meine neuen Freunde auf Facebook sah, fiel mir alles wieder ein.

33

Der Montag startete mit dem Gedanken, dass mein Haus in zwei Wochen fertig sein würde. Das stimmte mich fröhlich. Meine Laune verleitete mich zu einem elegant-grauen Anzug. Dazu zog ich die passende Uhr von IWC mit dem schwarzen Lederarmband an.

Im Bus sah ich erneut die Bücher-Frau. Anders als üblich las sie diesmal jedoch nicht. Der Anblick passte nicht. Es war irgendwie sonderbar. Sie schaute umher und sah mich. Sie ertappte mich dabei, wie ich sie anstarrte. Ich geriet in Panik. Sollte ich wegschauen? Ich entschied mich dafür, zu ihr hinüber zu gehen.

„Du hast heute gar kein Buch dabei?", fragte ich neugierig.

Stumm nickte sie mir ein „Nein" als Antwort und warf mir einen kritischen Blick zu.

„Entschuldige, ich heisse übrigens Mike. Mir ist bloss aufgefallen, dass wir meistens im selben Bus sind und du liest."

Ich streckte ihr meine Hand entgegen, die sie höflichlicherweise annahm.

„Ich bin Mia. Freut mich Mike. Wir nehmen also morgens denselben Bus ins Zentrum?"

„Ja und nein. Wir fahren zwar mit demselben Bus, aber ich fahre weiter als ins Zentrum. Du liest gerne?"

Was für eine blöde Frage. Ich traf sie fast immer lesend im Bus an.

„Ja, hauptsächlich über Kunst. Ich bin an der Schauspielschule und interessiere mich zudem für Gedichte."

„Ah Gedichte, das hört sich spannend an. Was für Gedichte denn?"

Ich hasste Gedichte. Es gibt nichts Langweiligeres als Gedichte. Hanna schleppte mich einmal an eine Poetry Night ins „Karma". Ich hätte gerade so gut zwei Stunden lang Löcher in die Luft starren können und es wäre spannender gewesen.

„Hauptsächlich Liebesgedichte."

„Wirklich? Toll!"

Ich könnte kotzen.

Wir kamen ins Zentrum, der Bus hielt, wir verabschiedeten uns und ich war gerettet. Tschüss Mia.

Ich fuhr noch vier Stationen weiter, stieg ebenfalls aus und ging ins Büro.

„Hallo Lynn."

Wie üblich sah sie umwerfend aus. Sie trug ein weisses Calvin Klein-T-Shirt und dunkelblaue Jeans. Dazu hatte sie natürlich wie immer

Absatzschuhe an. Besass sie überhaupt Turnschuhe? Sie erwiderte meinen Gruss mit einem „Hey Mike." Für einen kurzen Moment bildete ich mir sogar ein, dass sie mich angelächelt hat.

Ich setzte mich gerade auf meinen Stuhl, als Ben zu mir kam.

„Hey, du verstehst dich echt gut mit Lynn, oder?"

Ihm ist wohl aufgefallen, dass Lynn und ich in letzter Zeit mehr miteinander sprachen, oder besser gesagt, überhaupt miteinander sprachen. Genauso wie es jedem anderen im Büro aufgefallen war. Ich hatte allerdings keine Lust, mit ihm über Lynn zu sprechen, weshalb ich ihn abwimmelte und lostelefonierte.

34

Der Bus fuhr am Nachmittag Umwege, da gerade eine Klimademonstration im Zentrum stattfand. Das war schon das zweite Mal innerhalb von zwei Monaten und ich hatte es satt, länger als notwendig für meinen Nachhauseweg zu haben.

Ich beschloss, ein Auto zu kaufen. Ein Taxi fuhr mich zum Autohändler meines Vertrauens, den mir der Taxifahrer empfohlen hatte. Der

Autohändler meines Vertrauens hiess Ralf. Ich teilte Ralf meine Vorstellungen mit. Das Auto sollte bequem, aber nicht ausgefallen sein. Hauptsache es erfüllte seinen Zweck und brachte mich von A nach B. Ein Auto für den schlichten Alltag. Nach einem 20-minütigen Gespräch und einer kurzen Probefahrt war ich mit einem neuen Aston Martin wieder auf dem Nachhauseweg.

Zuhause zog ich das Jackett aus, öffnete eine Flasche Bier und nahm einen grossen Schluck, als mir einfiel, dass der Aston Martin einen Becherhalter hatte. Passte da auch eine Flasche rein? Ich zog mein Jackett wieder an und lief aus der Wohnung zum Wagen. Ja, die Flasche passte in den Halter. Mein Bier und ich machten zum Abschluss des Tages gemeinsam eine kleine Spritztour.

35

Am Dienstag und am Mittwoch war im Call Center nicht viel los. Wir hatten keine neuen Aufträge und so kam es, dass wir lediglich einige administrative Arbeiten zu erledigen hatten. Irgendwann inmitten der Langeweile startete Karl eine Büroklammerschlacht, die 20

Minuten später bereits beendet war, weil Pascal sich selbst aus Versehen eine ins Auge geworfen hatte, sodass das Auge anschwoll und er zum Arzt musste.

Ich war die meiste Zeit damit beschäftigt, den neusten Superheldenfilm auf Netflix zu schauen. Da der Boss anwesend war, musste ich mein Filmvergnügen leider immer wieder unterbrechen. Fertig wurde ich mit dem Streifen erst im Verlaufe des Donnerstagvormittags.

Weil Lynn nicht auf der Arbeit war, ass ich alleine Thai. Ich nahm das scharfe Rindfleischmenü mit Knoblauch. Jetzt, wo Lynn nicht da war, konnte ich das. Immerhin peppte das meinen bisherigen Tag ein wenig auf. Die Langeweile holte mich am Nachmittag jedoch leider schnell wieder ein.

Zum Abschluss des Tages ging ich ins „Seven", da war wenigstens ein bisschen was los. Der Plan war, kurz einige Drinks zu kippen und vor Mitternacht wieder zuhause zu sein. Der Plan war gut, die Ausführung weniger.

Ich kam in den Club, ging zur Bar, bestellte einen Wodka-Lemon und sah auf die Tanzfläche. Ich traute meinen Augen kaum, aber auf der Tanzfläche war Lynn. Sie hatte ein langes, schwarzes Kleid an und ihre blonden Haare zusammengebunden und hochgesteckt. Sie sah noch umwerfender als üblich aus. Sie tanzte und irgendwie doch nicht. Eigentlich bewegte sie sich kaum und doch interpretierte sie die Musik auf ihre Weise sexy. Sie war alleine. Mein Wodka-Lemon war längst leer, aber ich zog immer noch am Trinkhalm. Sie sah mich. Ich ging zu ihr und gemeinsam gingen wir wieder zurück an die Bar. Ich bestellte zwei Caipirinhas.

Da Lynn in letzter Zeit viele Überstunden gemacht hatte, konnte sie ein verlängertes Wochenende machen und war deshalb bereits im Ausgang. Ich erklärte ihr, dass ich zum Inhaber der Firma befördert worden war, da der Boss von einem Blitz getroffen wurde, und konnte nun selbst bestimmen, was ich tat, wann ich es tat und war deshalb im Club. Zudem hatte sich dadurch mein Gehalt verdoppelt. Sie verstand den Witz und lachte. Mit meinem erhöhten Gehalt spendierte ich auch gleich die nächste Runde. Ich erzählte ihr von der Büroklammerschlacht und dem Unfall. Sie lachte erneut. Typisch Pascal. Plötzlich sah sie mich lange an. Ich war verunsichert.

„Ist etwas?"

„Warst du heute Mittag Thai essen?"

„Ja, jemand musste dich ja vertreten", witzelte ich.

„Du hattest das scharfe Knoblauchmenü, richtig?"

Sie blickte mich ernst an. Ich schaute sprachlos zurück. Mist. Augenblicklich bereute ich mein Mittagsmenü.

Sie lächelte und bestellte zwei Jägermeister gegen meinen Mundgeruch. Ich war gerettet. Wir hatten genug übers Büro gesprochen und trafen die Abmachung, nicht mehr darüber zu sprechen.

Ich schaute auf die Uhr. Es war Mitternacht. Ich bestellte uns neue Drinks und wir gingen auf die Tanzfläche. Ich war bereits ziemlich betrunken. Als ich Lynn ansah, wusste ich, dass es ihr nicht anders erging. Wir begannen zu Tanzen. Sie bewegte sich gekonnt elegant, während ich eher so den Eindruck eines aus dem Zoo ausbrechenden Elefanten von mir gab. Da kam meine Rettung: „Billie Jean" von Michael Jackson. Lynn staunte nicht schlecht, als sie meinen Moonwalk sah. Leider endete der Song gut drei Minuten später und ich war wieder in der gewohnten, alten Elefantensituation. Ich sah sie verloren an, sie sah mich an, ich lief zur Bar und holte Nachschub.

Wir redeten, lachten und tanzten. Sie nahm meine Hände und legte sie sich um die Hüfte. Ohne zu verstehen, was gerade passierte, berührten sich unsere Körper. Es fühlte sich gut an. Wir bewegten uns wie eins zur Musik. Na ja, sie war eins und ich ein anderes. Aber es passte. Ihre Augen funkelten. Sie drehte sich, sodass ihr Hintern nun gegen meinen Schritt drückte. Ich packte sie an der Taille und drückte sie noch näher an mich. Ihr Hüftschwung erregte mich. Sie schien das nicht zu stören, obwohl sie es spüren musste. Sie tanzte einfach weiter. Diesmal nahm ich ihre Hand, drehte sie und küsste sie. Ich konnte einfach nicht widerstehen. Sie erwiderte den Kuss. Abwechslungsweise küssend und tanzend machten wir noch einige Minuten weiter, bis wir unsere Lust nicht mehr zügeln konnten.

Ich führte sie weg von der Tanzfläche und drückte sie sanft gegen die Wand. Diesmal küsste ich sie etwas heftiger. Ihr schien das zu gefallen. Sie wurde wilder. Sie winkelte ihr Knie an und presste es zwischen meine Beine. Nun konnte ich mich wirklich nicht mehr beherrschen.

Ich wusste, wo das Nebenzimmer von Simon Bloem war und führte sie hinein. Sie drehte mir den Rücken zu und ich öffnete den Reissverschluss von ihrem Kleid. Sie trug schwarze Spitzenunterwäsche. Ich küsste ihren Hals und meine Hände glitten nach unten zu ihrem Hintern. Ich hob sie hoch auf den Schreibtisch. Sie zog mir das T-Shirt und die Hose aus, die Boxershorts liess ich dann selbst nach unten gleiten. Ich schob ihren Slip zur Seite und drang in sie ein. Ihr Atem wurde immer schneller. Ich küsste sie und biss leicht auf ihre Unterlippe, bis sie kam. Kurz darauf konnte auch ich meinen Orgasmus nicht mehr zurückhalten und unser Akt endete somit.

Küssend verabschiedeten wir uns, bevor sie ins Taxi stieg und nachhause fuhr. Ich wollte noch nicht schlafen. Ich musste zuerst verarbeiten, was gerade geschehen war, weshalb ich loslief. Etwas mehr als 45 Minuten dauerte der Fussmarsch, bis ich in meiner Wohnung ankam. Müde legte ich mich ins Bett, konnte aber immer noch nicht einschlafen, bis meine Augen entschieden, sich von selbst zu schliessen und der Rest von mir ihnen folgte.

36

Das schrille Weckerklingeln rüttelte mich wach. Ich drückte nicht schauend einige Knöpfe auf der Oberfläche, bis das Geräusch verschwand. Mein Kopf brummte. Ich drehte mich zurück und schlief wieder ein. Als ich erneut erwachte, war es bereits 25 nach Neun. Mein Kopf brummte noch immer.

Schnell zog ich mir ein T-Shirt und eine Hose an, zog meine Hose wieder aus, da ich die Boxershorts vergessen hatte, zog die Boxershorts und dann nochmals die Hose an und rannte zum Bus. Ja, ich besass ein Auto, aber in meinem Zustand war ich mir nicht sicher, ob es eine kluge Idee gewesen wäre zu fahren, weshalb ich mich für den Bus entschied. Ich bemerkte nicht einmal Mia, die am anderen Ende des Busses mit ihrem Buch sass und zu mir hinüber schaute. Sie kam zu mir.

Trotz meines Katers gefiel mir die Unterhaltung mit ihr. Es begann erneut mit Büchern, wechselte zur Arbeit und endete mit dem Austausch der Telefonnummern. Selbst wenn mir die Themen langweilig erschienen, wechselten wir schnell auf eine flirtende, leicht neckische, herausfordernde Ebene, die mir gefiel. Wer von uns beiden zuerst damit angefangen hatte, wusste ich nicht mehr mit Sicherheit. Als ich den Bus verliess, hatte ich jedenfalls einen neuen Kontakt in meinem Handy gespeichert.

Im Büro warnte mich Karl. Mein Boss wollte mich sehen. Ein Kunde hatte angerufen und da Lynn frei hatte, aufgrund ihrer Überstunden, wollte der Kunde mich sprechen. Ich hingegen hatte bis vor Kurzem die Wärme meines Bettes genossen, obwohl ich schon längst bei der Arbeit hätte sein müssen. Es war mittlerweile zehn Uhr und der Kunde wollte Informationen zu seinem Auftrag haben. Da mein Boss keine Ahnung von unseren Softwares hatte, konnte er dem Kunden nicht weiterhelfen, was ihn ziemlich blöd aussehen liess. Aus diesem Grund war mein Chef nun wütend und suchte mich. Ich verstand die unangenehme Situation meines Chefs, aber es interessierte mich nicht im Geringsten. Weder die Launen meines Chefs noch das Büro interessierten mich irgend einen Dreck. Ich ging in sein Büro und stellte mich teilnahmslos seinem Zorn.

„Mike, ich bin wirklich wütend!"

Was er nicht sagte. Das hätte ich jetzt nicht bemerkt. Sein Kopf hatte ein sattes Rot angenommen.

„Was denkst du dir eigentlich, wie das hier läuft? Schon mal was von Arbeitszeiten gehört? Ja, das gibt es wirklich. UUUUUnd die zählen auch für DICH! Aber weisst du was? Ich habe genug von deinen Faxen."

Er atmete einige Male tief durch. Sein Gesicht wurde langsam wieder normal-rosa.

„Du bist in letzter Zeit mehrmals zu spät gekommen und hast Protokolle verloren, was unserer Firma einiges an Zeit und Geld gekostet hat."

Nun übertrieb er wirklich. Wegen ein paar hundert Franken so ein Affentheater.

„Mike, ich sehe keine andere Lösung, als dich ab sofort frei zu stellen."

Das kam jetzt etwas überraschend. Ich musste mich beherrschen. Mir wegen diesen Kleinigkeiten zu kündigen, hatte ich nicht erwartet. Ich wurde wütend.

Mit einem grossen Sprung landete ich auf dem Bürotisch meines Chefs. Meine rechte Hand griff zu meinem rechten Fussknöchel. Ich zog das Hosenbein ein wenig nach oben. Etwas Längliches war in meiner Socke versteckt, das ich herausnahm. Es war ein Klappmesser. Elegant sprang ich mit einem Salto vom Tisch und wandte mich flink wie ein Wiesel hinter meinen

Chef. Alles geschah so schnell, dass dieser nicht realisierte, was gerade passierte. Ich stand hinter ihm und hielt ihn mit meinem linken Arm fest. An der Brust drückte ich ihn zu mir. Jetzt war er mir ausgeliefert.

Die Klinge des Messers klappte auf. Mit einer gekonnten Bewegung führte ich sie zu seiner Kehle, setzte an und Schnitt von der einen zur anderen Seite. Das Blut strömte augenblicklich heraus auf den Schreibtisch. Der Computer, das Schreibzeug und diverse Dokumente wurden mit dem Blut angespritzt. Innerhalb wenigen Sekunden war eine beträchtliche Fläche rot gefärbt. Einige Spritzer landeten zudem auf seinem orientalischen Teppich. Ich liess meinen Boss los und er sackte regungslos auf den Boden.

Ungefähr auf diese Wiese spielte sich die Szene in meinem Kopf ab. In Wirklichkeit stand ich noch immer wütend vor meinem Chef und sagte lediglich:

„Ich bin eh reich. Fick dich!"

Danach lief ich davon. Ich schritt an meinen Kollegen vorbei, die mir noch etwas hinterherriefen, doch ich beachtete sie nicht. Draussen setzte ich die Sonnenbrille auf und trottete zur Busstation.

37

Meine Gefühle waren sehr gemischt. Einerseits konnte ich nicht aufhören, an Lynn zu denken. Was vorgefallen war, war magisch gewesen. Wir hatten gestern Nacht einen ganz besonderen Moment gehabt. Andererseits war ich ängstlich, was mit Hanna geschehen würde. Sollte ich ihr davon erzählen? Will ich noch eine Beziehung mit ihr? Ich konnte nicht anders, als ihr vom One-Night-Stand zu berichten. Hanna nahm mir alle weiteren Entscheidungen ab.

„Es reicht mir. Ab sofort gehen wir getrennte Wege, du Arschloch!"

Das tat weh. Andererseits standen mir nun alle Türen offen. Ich war frei. Ich weinte erstmal eine Runde. Natürlich nicht alleine, sondern in Begleitung von Bier.

Ich wollte mich besaufen und Bier wurde mir irgendwann zu ineffizient, selbst wenn es mich bereits etwas angetrunken gemacht hatte. Ich stieg in mein Auto und fuhr zur nächsten Tankstelle. Vor dem Alkoholregal stehend, wusste ich dann nicht mehr weiter. Ich trank selten hochprozentigen Alkohol, ausser in Drinks gemixt. Wodka? Kirsch? Rum? Whiskey? Ich nahm von allen eine Flasche.

Auf dem Sofa öffnete ich zuerst den Kirsch. Wieso Leute das überhaupt tranken, verstand ich nicht. Es war hässlich. Drei Shots später konnte ich den Kirsch dann wirklich nicht mehr vertragen. Ich wechselte zum Wodka. Der schmeckte mir deutlich besser. Ich stellte den Fernseher an und trank. Was im Fernseher lief, nahm ich nicht mehr bewusst wahr und von meiner Aussenwelt bekam ich ebenfalls nichts mehr mit. Ich war zu sehr mit meinen Gedanken und Gefühlen beschäftigt.

Hanna war für immer weg. Dessen war ich mir bewusst. Egal was ich tat, sie war nicht die Sorte Frau, die einen Seitensprung verzeihen und einfach, wie bisher, weiter machen würde. Ich trank mehr Wodka. Ich fühlte mich leer und lustlos. Die Neugier liess mich noch vom Whiskey versuchen, doch schliesslich schlief ich auf dem Sofa ein.

Der Sonntag verlief ähnlich wie der Samstag. Das Setting war hauptsächlich mein Wohnzimmer. Ab und zu lief ich in die Küche, meistens fand ich jedoch nichts, was meinem Hunger gefiel, und so lief ich dann ohne Essen wieder zurück.

Irgendwann im Verlauf zwischen meinem Selbstmitleid und dem Rest Wodkas wechselten meine Gedanken von Hanna zu Lynn. Das liess mein Gemüt ein wenig aufheitern. Ich fühlte mich zwar noch immer lustlos und leer, doch der Gedankenwechsel brachte einen Schimmer Hoffnung mit sich. Vielleicht war es auch nur der Rum, der mir einen neuen Geschmack verlieh. Ich entdeckte die ungeöffnete Flasche später am Nachmittag. Der Rum schmeckte gar nicht so übel. Zieht man die Alternativen in Betracht, war er sogar ausgesprochen fein, denn den Whiskey und den Kirsch konnte ich nicht ausstehen und die Wodkaflasche war unterdessen leer.

War es für Lynn eine einmalige Sache gewesen? Dachte sie ebenfalls noch an die Nacht oder war es für sie nichts Besonderes gewesen? Fand sie überhaupt etwas an mir, oder war es lediglich der Moment gewesen? Ich fasste den Entschluss, diesen Fragen auf den Grund zu gehen und mir Klarheit zu verschaffen. Der Fall „Lynn" war offiziell eröffnet. „Detektiv Mike" hatte eine Aufgabe zu lösen.

38

Ich bekam Lynns Telefonnummer am Montag von Karl, der sie aus den Firmenunterlagen ausfindig machen konnte. Das war der einfachere Teil. Wie es jetzt weiterlaufen sollte, hatte ich allerdings bis dahin nicht durchgedacht. Das war der schwierigere Teil. Was schrieb ich ihr denn jetzt? Oder sollte ich sie anrufen?

„Hey Lynn, hier ist Mike aus dem Büro. Kennst du mich noch?"

Da hätte ich mir die Mühe sparen können, ihre Telefonnummer herauszufinden. Schliesslich fasste ich meinen ganzen Mut zusammen und schrieb ihr. Ich schrieb ihr, dass ich sie gerne treffen würde und fragte, ob sie Interesse an einem Treffen hat.

Es war sonniges, warmes Wetter und ich zog meine Badesachen an. Auf meinem Fahrrad radelte ich ins Stadtbad, wie ich es mit Hanna immer getan hatte, mit dem Unterschied, dass ich viermal anhielt, um meine Nachrichten anzuschauen, ob Lynn geschrieben hatte. Als ich dann auf meinem ausgebreiteten Tuch lag und über mein Haus nachdachte, kam ihre Antwort. Am Dienstagabend hatten wir ein Date. Die Sonne schien sogleich ein wenig heller und der Marienkäfer im Gras neben mir zwinkerte mir zu.

39

Ich fühlte mich ein bisschen wie mit 18. Ich war nervös und wusste nicht, was mich erwartete. Mein Mund war trocken. Hatte ich das richtige Outfit an? Hätte ich nicht besser den Anzug nehmen sollen? Ich hatte mich für Jeans und T-Shirt entschieden, um locker und lässig auszusehen. Wir trafen uns im italienischen Restaurant „Il colibri".

Lynn sass bereits an einem Zweiertisch. Ich ging zu ihr und setzte mich auf den Platz gegenüber. Eigentlich hatte ich überhaupt keinen Hunger, aber da sie etwas bestellte, tat ich es ihr nach. Den Wein wählte sie aus. Sie schien sich mit Wein auszukennen.

Lynn erzählte mir, welche Weinsorten welche Eigenschaften hatten und auf was ich achten musste. Das kurbelte unser Gespräch an. Es war anders als donnerstags im Thai-Restaurant. Ein Date mit Lynn war da lediglich eine unerreichbare Fantasie gewesen. Und nun sass ich mit ihr in einem Restaurant und alles war real. Im Gegenzug erzählte ich ihr, dass ich gefeuert worden war, vom Lottogewinn, von meinem neuen Auto und von meinem zukünftigen Haus. Das erschien mir ihren Weinkenntnissen ebenbürtig. Sie war beeindruckt. Als wir uns verabschiedeten, bezahlte sie ihr Essen und ich meins. Jetzt war ich beeindruckt. Wir küssten uns. Später, alleine zuhause, schrieb ich ihr eine Gute-Nacht-Nachricht auf Whatsapp. Ich schätzte, tief in mir war wohl doch ein Romantiker versteckt. Hanna lag falsch.

40

Der Einzug in mein Haus verzögerte sich um eine Woche. Der Grund dafür war die Elektronik beim Pool, die Probleme bereitete. Meine Laune konnte das aber nicht trüben. Ich verbrachte die Woche mehrheitlich zuhause vor dem Fernseher oder im Stadtbad und dachte an Lynn. Oder ich ass und dachte an Lynn. Oder ich trank Bier und dachte an Lynn. Ich atmete und dachte an Lynn. Selbst auf der Toilette dachte ich an sie.

Es war eine schöne Zeit. Ich fühlte mich frei. Ich hörte viel Musik, hauptsächlich Radio. Es ertönte eine bekannte Melodie.

„I won't be satisfied till you're by my side...", sang eine Männerstimme.

Ich nahm das Lied allerdings nur halbwegs wahr. Meine Gedanken waren auf den Freitag gerichtet. Lynn und ich hatten nämlich abgemacht, ins „Seven" zu gehen.

Wir trafen uns vor dem Eingang. Lynn sah noch attraktiver aus als letzte Woche. Sie trug ein weisses T-Shirt, das leicht durchsichtig war und fein die Konturen ihres BHs darunter durchschimmern liess, jedoch nur so fein, dass es nicht stillos aussah. An den Füssen waren wie immer ein Paar Absatzschuhe zu finden und dazwischen trug sie einen schwarzen, knappen Minirock um die Hüfte. Das Besondere allerdings waren die Haare. Lynn hatte sie nach hinten geflochten, was ihr eine neue, wilde Ausstrahlung verlieh.

Wir traten in den Club und liefen an die Bar. Ich bestellte uns zwei Gin Tonics, als Simon zu mir kam. Simon sagte irgendetwas von Finanzen, doch ich hatte nur Augen für Lynn und wimmelte ihn ab.

Lynn und ich gingen auf die Tanzfläche und tanzten und flirteten. Zudem flossen die Drinks. Wir konnten die Augen nicht voneinander lassen. Und mit Augen meinte ich auch Hände. Je länger die Nacht dauerte, desto weniger sprachen wir miteinander. Unsere Hemmungen verschwanden kontinuierlich. Wir tanzten immer wie enger. Die Musik spielte dabei keine Rolle. Es hätte gerade so gut irgendein 80er Sound statt den elektronischen Beats laufen können. Es gab nur Lynn und mich. Wir küssten uns. Meine Hände glitten von ihren Hüften an den Po und hoch zum Rücken. Unsere Körper berührten sich immer wie fester. Die Lippen waren nun nicht mehr nur beim Mund des anderen.

Wir schleppten uns halb ineinander zu ihr nach Hause. Sie wohnte wenige Minuten entfernt in einer kleinen Zweizimmerwohnung. Sie öffnete die Tür, ich trat ein. Sie packte mich, küsste mich und zog mich auf den Parkettboden. Eilig entledigte sie mich eines Kleidungsstückes nach dem anderen, ohne dass sich unsere Lippen trennten. Wir neckten uns ununterbrochen mit Zunge und Lippe. Als sie nur noch ihre Spitzenunterwäsche anhatte, war ich bereits nackt. Lynn glitt mit ihrem Mund über meinen Hals zu meinem Oberkörper und weiter nach unten.

Es hätte bereits gegen Mittag sein können oder weiterhin dunkel in der Nacht, als Lynn und ich nebeneinander im Bett vor Erschöpfung einschliefen. Ich hatte das Zeitgefühl komplett verloren. Ihr Kopf lag auf meinem Oberkörper, meine Hand war oberhalb ihrer Hüfte und unsere Beine berührten sich. Ich war glücklich. Ein Gefühl wie dieses hatte ich mit Hanna nie gehabt.

41

Lynn und ich wachten ungefähr zur selben Zeit auf. Das Tageslicht schien bereits durch die Fenster. Ich sah sie an. Sie schaute zu mir. Mir wurde kribbelig. Ich küsste sie sanft. Sie küsste mich sanft zurück. Wir waren beide nackt. Sie war wunderschön.

Ich fasste ihr an die Brust und mein Mund folgte. Leicht sog ich an ihren Nippeln. Ihr schien das zu gefallen. Ich blickte auf und küsste sie erneut auf die Lippen. Wir hörten nicht mehr auf. Meine Hand noch immer an ihrer Brust führte ich langsam zwischen ihre Beine. Kurz darauf sass sie auf mir. Sie stöhnte leicht, wobei das Stöhnen mehr ein lautes Atmen war. Ihr Blick hatte etwas Hilfloses. Ich konnte nicht anders als sie anzuschauen. Trotz ihres perfekten Körpers war das Gesicht das Faszinierende. In ihren Augen spiegelte sich ihre ganze Lust wider. Meine Gedanken standen still. Ich wollte für immer bei ihr sein. Für immer in diesem Moment. Fast gemeinsam kamen wir kurze Zeit später zum Höhepunkt.

42

Lynn und ich sahen uns zu Beginn jeweils am Wochenende und an den Arbeitstagen höchstens ein bis zweimal. Wir beschlossen, nichts zu überstürzen und es langsam anzugehen. Wir wollten uns die Zeit nehmen und uns kennen lernen. Wir wollten es wirklich. Schon bald jedoch waren unsere Sehnsucht und das Verlangen zu gross. Wir sahen uns fast jeden Tag, ausser wenn sie Tanztraining hatte.

Lynns Art zog mich sofort in ihren Bann. Sie war spontan und für alles begeisterbar. Sie lachte viel und ich schaute sie gerne an, während sie lachte. Sie strahlte eine Freude und Ruhe aus, die ansteckend war. Wenn ich mit ihr zusammen war, lebte ich vollkommen im Moment. Alle meine Sorgen und Bedenken waren weg. Wenn ich müde war, konnte sie mich mit ihrer Art trotzdem jedes Mal aufheitern und dazu überreden, etwas zu unternehmen. Ihr schien die Energie nie auszugehen. Egal, ob wir was taten oder einfach nur zuhause waren, es war aufregend mit ihr.

Lynn sah zudem immer umwerfend aus,

sowohl gestylt für den Ausgang, wie auch in einem Kapuzenpullover und Leggins an müden Tagen. Am liebsten sah ich sie aber ohne Make-up in einem schlichten T-Shirt und ihren Stoff-hotpants an, die sie zum Schlafen trug. Je nach Outfit war es für mich wie eine neue Lynn, die ich erobern konnte. Ich mochte die Herausforderung und sie wurde gerne erobert. Es war eine schöne Zeit. Eine perfekte Zeit mit einer perfekten Frau.

Abends kochten wir gemeinsam. Anfänglich kochten wir Teigwaren mit Sauce. Die Zeit war kostbar und unsere Lust zu gross, als dass wir lange hätten kochen wollen. Wir verbrachten die Zeit lieber im Bett. Und ihr wisst ja, wenn ich Bett sage, meine ich ebenfalls das Sofa, den Küchentisch, den Balkon, den Parkettboden, die Dusche, die Waschküche und sogar das Treppenhaus. Vielleicht habe ich einen Ort vergessen, aber das spielt jetzt keine Rolle.

Mit der Zeit wurden unsere Kochexperimente immer ausgefallener. Wir machten diverse Suppen selbst, glasierten Schweinefilets und bereiteten Stroganoff zu, das wir dann allerdings durch eine Tiefkühlpizza ersetzten. Es kam schliesslich so weit, dass wir Themenwochen hatten. Üblicherweise waren die

Themen Länder, also eine indische Woche, eine italienische Woche oder eine japanische Woche. Wir hatten nicht wirklich eine Ahnung von Japan. Es war uns aber auch egal. Wir kochten, was wir im Internet fanden und lecker aussah.

Als wir eine griechische Woche hatten, kochten wir einen Goldbrassen an Kartoffeln mit einem Tzatziki. Der Fisch war gewürzt, die Kartoffeln im Ofen und Lynn schnitt gerade den Knoblauch klein, als ich die Gelegenheit nutzte und mich davonschlich, um mich umzuziehen. Als sie sich umdrehte, stand ich nackt im Morgenmantel mit Fischsocken an den Füssen vor ihr. Lynn musste lachen. Und natürlich hatten wir danach Sex. Die Kartoffeln waren schwarz und der Backofen qualmte, als wir fertig waren.

Irgendwann wechselten wir dann von Länderwochen zum Kochen nach Hauptzutaten. Wir versuchten möglichst ausgefallene, leckere Gerichte mit verschiedenen Zutaten zu finden, von Spaghetti zu Tintenfisch über Käse war alles dabei. Bei den Quitten fiel uns aber nun wirklich nichts ein, weshalb wir noch am selben Tag aufgaben. (Dieses Wortspiel habt ihr bestimmt nicht kommen sehen. Das müsst ihr wohl erst mal verdauen.)

43

Am Wochenende unternahmen wir oftmals Spaziergänge. Während ich mit Hanna spazieren verabscheute, war es mit Lynn eine gemütliche Paaraktivität in der Natur. Die Spaziergänge waren dabei je nach Wetter oder je nachdem wie früh wir wach wurden unterschiedlich lang. Trotz dass wir meistens zwischen neun und zehn Uhr morgens aufwachten, kam es ab und zu dennoch vor, dass wir erst um die Mittagszeit das Bett verliessen.

Besonders gerne gingen wir in den Wald. Dort fühlten wir uns ungestört. Es gab nur sie und mich und die Natur. Manchmal überkam uns die Lust auch im Wald. Einmal wurden wir während des Sex von einem Eichhörnchen überrascht. Das verkürzte unseren Akt natürlich ein wenig.

Nicht selten sahen wir Tiere wie Rehe oder Spechte. Wir mochten Tiere. Wenn wir in ein Gebiet fuhren, wo wir wussten, dass es bestimmte Tiere gab, nahmen wir schon mal den Feldstecher mit.

44

Was sich nicht veränderte, war der Ausgang ins „Seven". Meistens gingen wir am Samstag, manchmal aber auch bereits am Freitag dorthin. Wir betranken uns, tanzten, flirteten und verführten uns gegenseitig. Wir hörten die neusten Hits aus aller Welt, Underground-Hip-Hop-Beats oder, am liebsten, elektronische Musik von unbekannten DJ's. Die harten Rhythmen und die zarten Melodien liessen uns schnell hemmungslos werden. Die Musik war jedoch meistens nebensächlich.

Der Club war oftmals relativ leer. Wir fühlten uns frei. Manchmal bestellte ich uns eine ganze Flasche Wodka oder Rum. Wir tranken beide gerne. Das kurbelte unsere Stimmung an.

Unseren Gefühlen liessen wir freien Lauf. Wie lange wir feierten, war sehr unterschiedlich. Es konnte sein, dass wir bereits um zwei Uhr nachhause gingen. Wenn wir hingegen in Partylaune waren, blieben wir bis sieben oder acht Uhr morgens. Der Taxifahrer Alex war jeweils auf Abruf bereit. Er wurde zu unserem persönlichen Chauffeur an den Wochenenden. Mittlerweile bezahlte ich ihm eine monatliche Pauschale. Insgesamt machte Alex sicherlich

Gewinn, doch für Lynn und mich war es praktischer so.

Am Sonntag kurierten wir uns dann jeweils aus. Meistens blieben wir den ganzen Tag im Bett. Und wenn ich Bett sage, wisst ihr ja, was ich meine. Das Haus mit seinen Zimmern bot neue Erholungsmöglichkeiten, die wir alle testen wollten.

45

Die 13 Zimmer meines Hauses gaben uns einiges zu tun. Wir hatten mehr als zwei Monate, um die Zimmer mit den wichtigsten Möbeln auszustatten. Es machte uns Spass, das Mobiliar auszusuchen. Anfangs wollten wir uns auf einen Einrichtungsstil einigen, doch als wir in den Einkaufszentren waren, kauften wir einfach alles, was uns gefiel. Pro Zimmer konnten wir uns aber glücklicherweise auf einen Stil einigen.

In unserem Schlafzimmer waren die Möbel aus Eichenholz. Holz hatte etwas Warmes und Angenehmes an sich. Aus diesem Grund waren die Möbel des Wohnzimmers aus edlem Mahogany. Das Wohnzimmer war abgesehen von der Küche, dem Pool und dem Kino, der teuerste

Raum. Hier kam mein Fernsehsystem hin. Nicht, weil es nicht noch grössere und bessere Fernseher gäbe, aber die Anlage hatte einen symbolischen Wert. Es war meine erste Errungenschaft, die ich mit meinem Lottogewinn gekauft hatte. Zumindest redete ich mir das ein. Vielleicht erinnerte es mich auch einfach nur ein bisschen an die alte Wohnung und die Zeit mit Hanna.

Je mehr Zimmer wir eingerichtet hatten, desto ausgefallener wurden wir. Lynn wollte unbedingt ein grünes Zimmer haben. Das sei gut für das Karma, meinte sie, also kriegte sie es. Sofa grün, Stühle grün, Tischchen grün, Büchergestell grün, Fernsehmöbel grün, Fernseher schwarz, aber die Wände grün. Immerhin besser als rosa. Zudem stellten wir auch ein Bett hinein, natürlich mit grünen Bezügen. Wenn Lynn und ich genug von unserem Schlafzimmer hatten, schliefen wir manchmal dort. Lynn machte das glücklich, was wiederum mein Karma steigerte. Insofern hatte sie recht.

Ein Zimmer im zweiten Stock wurde zu einer Bibliothek umfunktioniert, wo sich ausschliesslich Bücherregale befanden. Meine Büchersammlung füllte die Bibliothek nicht einmal zur Hälfte, doch ich wollte unbedingt eine

Bibliothek haben. Den meisten Platz in den Regalen nahmen meine Superheldencomics ein.

Was nicht fehlen durfte, war natürlich eine Bar. Sie befand sich im Erdgeschoss, damit sie in der Nähe der Küche, des Pools und des Kinos war. Lynn und ich montierten grosse Lampen mit gedämpftem Licht an der Decke. Der Tresen inklusive Wandgestell für den Alkohol liessen wir bringen und montieren. Beides war auf das Zimmer zugeschnitten, welches vorgängig dafür ausgemessen worden war. Dazu kamen Tische aus demselben Holz.

Lynn und ich entschieden uns, die Bar wie in einem 80er-Film einzurichten. Dafür kam eine Jukebox hinein, die viele ehemalige Hits von Stars wie Paul Young abspielen konnte. Die Wände wurden mit Neon- und LED-Anzeigen verziert, um dem Zimmer den letzten Retro-Touch zu verleihen.

Das ausgefallenste Zimmer war wohl das Entspannungszimmer. Der Boden war mit dünnen Schaumstoffmatten belegt. Eine Stereoanlage mit verschiedenen vorinstallierten Tier- und Naturgeräuschen, die einen beruhigen sollten, wurde an der linken Wand angebracht. Meine Lieblingsgeräusche waren die Walherde, der Wind in der Wüste Gobi oder die Erdmännchen in der Savanne bei Sonnenuntergang.

Um das Zimmer besonders entspannend zu machen, befestigten wir eine übergrosse, regenbogenfarbene Hängematte an der Decke. Natürlich war das Lynns Idee. Ich sah darin lediglich ein Zimmer mehr, wo wir Sex haben konnte. Die Hängematte war toll.

Ausgesprochen zeitintensiv zum Einrichten waren das Kino und der Pool. Das Kino wollten wir wie ein echtes Kino ausgestattet haben. Die originale Popcornmaschine kostete uns drei Wochen und viel Geld, um sie aufzutreiben. Auf das Ergebnis des Zimmers war ich allerdings sehr stolz. Das Endprodukt war ein eigenes, personalisiertes Kino, komplett nach meinen Wünschen eingerichtet.

Besonders wichtig empfand ich die Sessel, weshalb ich zahllose Sessel testete, bevor ich mich entschied. Man sollte nicht nur bequem darin sitzen können, sondern die Rückenlehne sollte verstellbar sein, sodass man ebenfalls liegen konnte, wenn man wollte. Dafür setzte ich mich auf diverse runde oder eckige Sitzmöbel, bis ich bemerkte, dass runde Sessel nicht für die Sitzreihen des Kinos geeignet waren. Ab da testete ich dann nur noch rechteckige Sitzflächen, bis mein Hintern irgendwann gerötet war und ich den nächstbesten ledernen Sessel nahm. Lynn gefiel meine Wahl.

Den Pool hingegen stellten wir nicht fertig. Selbst wenn man ihn mit den verschiebbaren Wänden zu einem Innenpool machen konnte, brauchten wir ihn zu Beginn kaum, weshalb wir beschlossen, ihn erst im Frühling komplett auszustatten, wenn wir ihn öffnen und mehr benutzen würden. Benutzbar war er allemal.

Vier Zimmer liessen wir leer. Wir wussten nicht, was wir damit machen sollten und wollten uns nicht voreilig entscheiden. Obwohl wir einige Ideen hatten, besassen wir eigentlich schon alles, was wir brauchten und noch mehr. Möglicherweise würde uns ja zu einem späteren Zeitpunkt eine sinnvolle Verwendung dafür einfallen.

46

Lynn arbeitete von Montag bis Freitag. Während wir die Zeit abends gemeinsam verbrachten, musste ich sie tagsüber alleine zu Tode schlagen. Anfangs ging das noch gut. Ich musste nicht einmal viel machen. Ich dachte einfach den ganzen Tag an sie und freute mich auf den Moment, sie wiederzusehen. Meistens schlief ich lange. Danach kam die Zeit unserer gemeinsamen Projekte. Ich recherchierte leckere Gerichte, ging einkaufen und wenn Lynn nachhause kam, sorgte ich dafür, dass alle Zutaten und Utensilien kochbereit waren. Zudem hatte ich eine Menge mit dem Einrichten des Hauses zu tun.

Vieles taten Lynn und ich gemeinsam, doch die Zeit reichte selten, alle Vorhaben zusammen zu realisieren. So kam es, dass ich die Möbel oftmals alleine zusammenbaute und aufstellte. Das Haus war gross und die Innenausstattung beschäftigte mich eine Weile. Irgendwann waren die wichtigsten Einrichtungen jedoch abgeschlossen und mein Interesse verflogen. Ab da kam die Langeweile.

Einmal beschloss ich, ein Buch zu schreiben, doch da mir nichts einfiel, beendete ich 15 Minuten und einen Titel später das Projekt. Der Titel lautete „Once upon a crime." Die Geschichte hätte etwas Neues, Innovatives werden sollen. Ein Elfenkrimi in einer Fantasywelt mit lauter fabelhaften Wesen oder etwas in dieser Art. Na ja, vielleicht würde ich die Geschichte ja zu einem späteren Zeitpunkt weiterverfolgen.

Stattdessen fuhr ich ins Stadtbad. Solange

das Wetter noch sonnig und warm war, verbrachte ich viel Zeit dort. Anfangs fuhr ich wie üblich mit dem Fahrrad ins Bad, aber eines Tages überkam mich die Faulheit und ich bestellte mir ein Taxi. Alex sah mich zwar mit einem belustigten Blick an, sagte jedoch nichts. Als es dann kälter wurde im Herbst und das Stadtbad seine Türen schloss, musste ich etwas ausserhalb der Stadt in das Solbad, um zu meinem Schönheitsbad zu kommen. Natürlich ebenfalls mit dem Taxi.

Das Solbad hatte einen grossen Aussenbereich mit mehreren Winkeln, wo man den anderen Gästen entfliehen konnte. Meistens war ich dort. Das Bad beinhaltete ausserdem ein Restaurant, ein Erholungsareal mit Liegestühlen und ein Dampfbad. Auf der Glastüre stand „Textil-Dampfbad – Bain de vapeur en maillot de bain". Das war typisch kompliziert für die Franzosen (genau genommen waren es Welschschweizer, doch das kommt auf dasselbe). Nicht nur, dass die Übersetzung viel länger war als das Deutsche. Das ist im Französisch schon fast Standard. Was mich erstaunte, war, dass dieses eine deutsche Wort im Französischen aus sieben Wörtern bestand, wobei das erste und letzte dasselbe war. Welches Wort bestand schon aus demselben Wort am Anfang und am Schluss. So etwas brachten nur die Franzosen zustande.

47

Einmal waren Lynn und ich auf dem Rummel. Der Rummel war bunt und laut, wie ein Rummel typischerweise so ist. Wir tranken Wein als Lynn auf die Idee kam, einige von diesen verrückten Karussellen und Achterbahnen zu testen.

Das eine Karussell hiess „Breakdance". Man war in einem drehenden Sitz festgebunden, der an einem drehenden Arm montiert war, welcher sich wiederum auf einer Plattform befand, die, was für eine Überraschung, ebenfalls drehte. Lynn fand das Karussell toll. Ich sehnte mich nach etwas weniger Drehungen und war froh, wieder festen Boden unter den Füssen zu haben.

Wir liefen zu einem Büchsenwerf-Stand. Das entsprach eher meinem gewünschten Adrenalinlevel. Bereits in der Schule konnte ich gut werfen, auch wenn ich damals eher ein Aussenseiter gewesen war. Ich gewann natürlich das grösste Plüschtier.

Dasselbe konnte man vom Typen, der nach mir kam, nicht sagen. Er traf nicht einmal die Wand dahinter. Stattdessen warf er so stark, dass er den Haken mit einigen Stofftieren von der Decke schlug. Lynn und ich lachten laut heraus, der Standbetreuer fluchte und wir kassierten einige wütende Blicke des Werfers. Meinen gewonnenen Plüschelefanten habe ich selbstverständlich Lynn geschenkt. Als Belohnung bekam ich einen Kuss. Wir assen gebrannte Mandeln, Zuckerwatte, Lebkuchen und tauschten den Wein später am Abend gegen ein Cola-Rum ein.

Zum Abschluss fuhren wir auf dem Riesenrad. Die Fahrt war gemütlich. Wir hatten eine Gondel für uns alleine. Das Riesenrad drehte sich sehr langsam, genau richtig für uns. Mittlerweile machte sich der Alkohol bei uns beiden bemerkbar. Arm in Arm fuhren wir aufwärts. Die Lichter der Stadt in der Nacht zündeten immer weiter nach hinten in Richtung Horizont. Die Stadt hatte etwas Friedliches, Verzaubertes.

Der Wind wehte. Ich mochte den Wind. Er gab mir ein Gefühl der Freiheit. Lynn jedoch bekam Gänsehaut am Arm von der kühlen Luft. Ohne zu sprechen, streifte ich meine Jacke ab, zog Lynn noch näher an mich und deckte sie, so gut es ging, mit der Jacke zu. Wir sahen uns an und ich wusste, ich liebte sie. Jetzt konnten wir fast die ganze Stadt in ihrem schwarzgelben Nachtkleid sehen. Der Mond war von dunklen Wolken umgeben, umhüllte uns aber dennoch mit seinem sanften Licht. Es war ein wundervoller, romantischer Moment.

48

Nach dem Balletttraining tratschte Lynn meistens noch ein wenig mit ihren Freundinnen oder ging mit ihnen eins trinken. Das Ballett war eine Leidenschaft von ihr. In jungen Jahren wäre sie gerne Profi geworden, aber die Konkurrenz war gross und das Leben als Ballettkünstlerin sehr hart. Nur die wenigsten Tänzerinnen konnten finanziell mit Ballett überleben. Nicht zu vergessen waren die zusätzlichen, üblichen, körperlichen Qualen und Deformierungen, beispielsweise an den Füssen, die man erlitt.

Als Lynn jünger war, hatte sie drei Jahre eine Kindergruppe unterrichtet. Das hatte ihr grossen Spass bereitet, doch aus finanziellen Gründen musste sie dann zusätzlich arbeiten. Wegen der Arbeit war ihr ironischerweise dann keine Zeit mehr für die Leitung der Nachwuchsgruppe geblieben.

Eine der drei bis vier Vorführungen pro Jahr stand bevor und Lynn trainierte intensiv mit ihrer Gruppe, sodass ich sie während drei Wochen an den Abenden fast nie sah. Als es dann so weit war, fuhr ich sie in die Nachbarstadt ins Kulturzentrum. Der Anlass war eine Feier einer privaten Firma, die während des Essens Unterhaltung wollte.

Ich war nervös. Ich sah Lynn gleich zum ersten Mal tanzen. Die tollste Frau der Welt stand unmittelbar auf der Bühne und ich konnte sie live performen sehen. Lynn hingegen war ziemlich gelassen. Mit den Jahren waren die paar wenigen Auftritte zur Gewohnheit geworden.

Das Spektakel konnte ich leider nur von der Seite beobachten, da es ein geschlossener Anlass war und ich nicht zu den Gästen zählte. Lynn hatte mich als Helfer hineingeschmuggelt. Im Stück hatte Lynn bedauerlicherweise eine Nebenrolle. Solo hatte sie keins. Für ein Solo wäre ihr Ballettkönnen nicht ausreichend, meinte sie. Ich sah jedoch kaum einen Unterschied zwischen Lynns tänzerischem Können und dem der Primaballerina.

Lynn sah auf der Bühne elegant und stolz aus. Ihre Bewegungen waren geübt und für mich perfekt. Jetzt wusste ich auch, wieso Balletttänzerinnen so beweglich sein mussten. Ich bewunderte die Haltung der Tanzenden. Die einzelnen Posen schienen unmöglich, fast unmenschlich. So starr und zugleich trotzdem weich. Noch nie zuvor hatte ich ein Ballettstück gesehen. Geprägt von den Vorurteilen wurde ich positiv überrascht. Ich war unglaublich stolz auf Lynn. Sie sah unnahbar und reizvoll auf der Bühne aus.

Die Vorführung endete mit einem kleinen Applaus der Gäste. Während einige halbherzig klatschten, verschlangen andere weiterhin ihr Essen oder begannen mit dem Tischnachbar zu tuscheln. Ich war nach wie vor gefesselt von meiner Freundin. Als sie sich umgezogen hatte, gingen wir ebenfalls einen Happen essen und anschliessend ins „Seven".

49

Der Winter brach herein. Die Tage wurden kürzer und es wurde kälter. Ab und zu schneite es. Ich hasste Schnee. Lynn mochte ihn. Wir ergänzten uns perfekt. Wir gingen spazieren, doch diesmal nicht in den Wald, sondern wir liefen ins Zentrum. Dort war für die Wintermonate eine Schlittschuhbahn aufgebaut worden. Das war jedes Jahr der Fall und hatte mittlerweile Tradition.

Die Bahn war eher klein und leuchtete am Abend bunt in verschiedenen Lichtern. Es hatte etwas Magisches, fand Lynn. Ich fand es etwa so magisch, wie jemandem eine Münze hinter dem Ohr hervorzuzaubern. Also knapp-an-Harry-Potter-vorbei magisch.

Schlittschuhe konnte man beim Eingang der Bahn mieten. Normalerweise hatte ich Schuhgrösse 44, aber ich benötigte die Grösse 45. Lynn hatte Schlittschuhgrösse 39. Ich zog mir die Schlittschuhe an, band sie und marschierte in Richtung der farbig beleuchteten Bahn.

Das Vorankommen auf dem Eis war etwas ungewohnt, da ich das erste Mal in dieser Saison auf den Schlittschuhen war. Nach einigen Gleitschritten fand ich jedoch schnell meinen Rhythmus und gewann an Sicherheit. Ich wurde übermütig, nahm Anlauf, stoppte mich in der Bewegung und drehte ein. Ich sprang in die Luft und drehte mich ein ganzes Mal um die eigene Achse, bevor ich landete.

103

Die Pirouette war gelungen. Daraufhin machte ich gleich noch ein paar mehr. Lynn sah mir beeindruckt vom Rand her zu. Oder vielleicht war es gerade umgekehrt und ich stand am Rand mit einem Glühwein in der Hand und schaute Lynn zu.

50

Weihnachten stand vor der Tür. Wir beschlossen das besinnliche Fest nur zu zweit zu feiern, ohne Familie und Freunde. Mit meiner Familie hatte ich sowieso seit Jahren keinen Kontakt mehr. Einzig meinem Bruder schrieb ich ab und zu mal, doch der lebte im Ausland. Durch die Distanz war unser Austausch eher spärlich geworden, in letzter Zeit leider nicht nur von der Häufigkeit, sondern auch vom Inhalt her.

Lynn und ich beschlossen, die Feier klein und einfach zu halten. Der Rahmen sollte idyllisch und vertraulich sein. Ich liess den zwei Meter grossen Tannenbaum am Tag darauf liefern. Schmücken taten wir ihn selbst. Lynn war für eine rot-silberne Deko. Mir war es egal. Glücklicherweise fanden wir alle Deko-Utensilien an einem Nachmittag. Ich verabscheute es, an den Weihnachtstagen einkaufen zu gehen, wenn die Shoppingmeile von Leuten nur so wimmelte und alle im Stress waren.

Das Dekorieren an sich verlief relativ schnell und einfach. Als wesentlich mühseliger und aufwändiger erwies sich die Geschenksuche. Weihnachten war sechs Tage entfernt. Während Lynn prahlte, dass sie ihr Geschenk bereits hatte, hatte ich noch keine Ahnung. Es sollte etwas Persönliches sein, etwas, dass meine Wertschätzung ausdrückte. Kurz dachte ich an einen Welpen, aber da Lynn arbeitete, würde das Gassigehen dann wohl an mir hängen bleiben, weshalb ich die Idee wieder verwarf. Ich hätte sie am liebsten gefragt, ob sie bei mir einziehen möchte, doch erstens wusste ich, dass sie an ihrer Wohnung hing, zweitens waren wir sowieso schon fast immer bei mir und drittens wäre das wohl nicht passend als Weihnachtsgeschenk gewesen. Mein Haus war nun einmal deutlich komfortabler als ihre kleine Wohnung. Nichts gegen ihre Wohnung, aber sie hatte halt keinen Pool. Oder Entspannungszimmer. Geschweige denn ein Kino.

Angenommen ich wäre zwischen vier und acht Jahre alt, dann wäre die Sache einfach gewesen. Ich hätte eine Zeichnung gemalt und Lynn hätte sich gefreut. Jeder mag Zeichnungen von kleinen Kindern. Jeder.

An Weihnachten sassen wir vor dem Kaminfeuer und dem glänzend geschmückten Weihnachtsbaum (Ja, ich hatte einen Kamin einbauen lassen). Wir genossen die Wärme und tranken Apfelpunsch. Danach kam das lang erwartete Geschenke auspacken. Ungeduldig zerriss ich das Verpackungspapier und öffnete das Geschenk. Es war ein dunkelblauer Pullover. Darauf hatte Lynn von Hand einen Elch gestickt, der von unzähligen weissen Schneeflöckchen umgeben war. Die Stickerei hatte sie seit Wochen geplant und musste sich die Technik vorab in einem Kurs beibringen lassen. Ich zog ihn gleich an. Er passte wie angegossen.

Mein Geschenk für Lynn war ein Schlüssel. Das dazugehörende Auto befand sich vor der Haustür. Das war das Persönlichste, das mir eingefallen war. Ich war wohl auf dem Gipfel meiner Kreativität angelangt. Vielleicht sollte ich mal ein Buch darüber lesen oder so. Ich brauchte mehr Punsch.

51

Meine Eitelkeit nahm kontinuierlich zu. Durch das viele Shoppen mit Lynn entwickelte ich einen Geschmack für das Exklusive. Meine Kleider hatten längst nicht mehr im begehbaren Schrank Platz, also warf ich sie in eines der leerstehenden Zimmer. Mittlerweile besass ich fast nur Markenkleidung. Von Calvin Klein über Hugo Boss war alles dabei.

Mein Interesse verlagerte sich fortwährend immer mehr von der Kleidung zu Schmuck und als ich genug Uhren für ein ganzes walisisches Bergdorf besass, auf mich selbst. Ich wollte abnehmen, folglich beschloss ich zu boxen. Eine dumme Idee. 90 Minuten und viele Schweisstropfen später kam ich zum Schluss, dass es mir zu anstrengend war und ging an eine Afterworkparty ins „Seven". Es war sechs Uhr abends.

Gegessen hatte ich noch nichts, aber das Abendessen wurde meiner Meinung nach grundsätzlich überschätzt. Meine Linie war mir sehr wichtig geworden, weshalb ich ab 18 Uhr keine Nahrung mehr zu mir nehmen wollte. Im Internet hatte ich gelesen, dass durch diesen Trick viele Menschen abnehmen konnten. Stattdessen trank ich ein grosses Bier. Auf diese Weise konnte ich Rücksicht auf meine Figur nehmen und da mein Magen leer war, wurde ich früher betrunken. Es war eine Win-Win-

Situation.

Mein Vorhaben abzunehmen und meinen Körper in Form zu bringen, wurde immer ernster. Während einigen Wochen trainierte ich in einem Fitnesscenter. Später liess ich ein komplettes Fitnessstudio im oberen Stockwerk meines Hauses einrichten. Lynn fand das total übertrieben, doch es musste sein. Ich wollte es so.

Anfänglich trainierte ich aus Spass, aber schon bald wurde daraus Ehrgeiz. Ich trainierte jeden Tag an den Arbeitstagen und manchmal zusätzlich am Wochenende, je nachdem wie Lynn mich liess. Natürlich trainierte ich nicht jeden Tag dieselben Muskeln.

Stephan half mir mit dem Training. Stephan war ehemaliger Vize-Weltmeister im Bodybuilding und mein Personaltrainer. Er stammte ursprünglich aus Südamerika. Die Betonung seines Namens lag auf dem „a" und das „St" wurde „St" ausgesprochen und nicht „Scht".

Stephan jedenfalls half mir dabei, die Geräte kennen zu lernen, stellte mir einen Trainingsplan zusammen und hie und da schrie er mich an, was ich durchaus brauchte. Und wenn ich dachte, ich würde gleich Tod umfallen, schrie er mich noch mehr an. Er hatte kein Erbarmen.

Einmal auf dem „First Degree Viking 3 AR plus", einem Rudergerät, schrie er mich so sehr an, dass ich zusammenzuckte, runterfiel und anfing zu wimmern. Das war peinlich. Später steckte ich ihm einen extra Hunderter zu, damit er niemandem davon erzählte.

Je besser ich wurde, desto weniger Begleitung brauchte ich von Stephan. Zugleich kannte ich mich immer mehr mit den Geräten und der Biologie des menschlichen Körpers aus. Irgendwann kam es dann so weit, dass ich alleine trainierte und er mir lediglich half, die Pläne zusammenzustellen.

Ich war stolz auf meine Resultate und Lynn war ebenso begeistert von meinen körperlichen Veränderungen. Zumindest zu Beginn, denn das Training beinhaltete ausserdem Ernährungsumstellungen. Gemüse und Früchte wurden plötzlich zentral in meinen Menüs. Später entwickelten sich aus den supergesunden Gemüsemahlzeiten dann kohlenhydratbasierte Verpflegungen. Diese Powermenüs wiederum wurden daraufhin durch eine zielgerichtete, unmenschliche aber superfunktionelle Nahrungsaufnahme ersetzt.

Ihr kennt bestimmt die Theorie, dass der Mensch lediglich einige Powernaps benötigt, um das Gehirn funktionsfähig zu halten und der Körper genügend ausgeruht ist, um durch den Tag zu kommen. Etwa dasselbe tat ich mit dem Essen. Je ausgefallener meine Ernährung wurde, desto mehr wurde das Kochritual von Lynn und mir eingeschränkt. Das freute sie etwa so sehr wie die Chiasamen über der sonst ungewürzten, gedämpften Hühnerbrust, wobei ich mir nicht sicher war, ob sie mehr die ungewürzte Brust oder die Kombination von Huhn und Chia störte.

52

Ich mochte mein Training und war stolz auf die Ergebnisse. Ich trainierte zwei Stunden nur den Oberkörper und spürte jeden Muskel. Es fühlte sich an, als würde ich vor lauter Muskeln platzen. Ungefähr ähnlich musste sich Bruce Banner von den Avengers fühlen, wenn er gross und grün zu seinem Alter Ego Hulk wurde.

„Muskeln guuut, Mike stark.", sagte ich mit tiefer Hulkstimme vor dem Spiegel zu mir und musste grinsen.

Ich drehte mich zur Seite, sodass nun meine Schokoladenseite dem Spiegel zugewandt war.

„Bizeps groooss. Mike mag Bizeps."

Nun musste ich lachen.

Mit noch grösseren Schritten lief ich aus dem Fitnessraum. Damit ich durch die Türe passte, drehte ich mich seitlich ab. Die Breite von Hulk sollte nicht unterschätzt werden.

Mit den Worten „Mike Hunger" schritt ich den Flur entlang und die Treppe runter zur Küche.

„Treppe klein, Pflanzen klein, Bilder klein, Kühlschrank sehr klein."

Ich öffnete den Kühlschrank und nahm mir einige Gurkenscheiben und die Butter heraus. Anschliessend verteilte ich das alles auf zwei Stücke Brot und presste das Ganze zu einem Sandwich zusammen.

„Sandwich lecker."

Ich biss just hinein, als Lynn ins Haus kam und „Hallo" schrie.

„Mike essen", schrie ich zurück.

Sie kam um die Ecke in die Küche.

„Hallo kleine Frau."

Ihr Blick verriet ihre nicht allzu grosse Begeisterung gepaart mit einer kleinen Verwirrung ab meiner Hulkbegrüssung.

Ich ging auf sie zu, gab ihr einen Kuss und sagte mit meiner normalen Stimme:

„Hallo Schatz, wie war dein Tag?".

Somit war das Experiment „Hulk" beendet.

53

Mein Elend begann, als Lynn und ich an einem Samstag ins „Seven" wollten und der Club geschlossen hatte. Die Schliessung war nicht nur vorübergehend, sondern permanent. Der Club war Konkurs gegangen. Simon hatte versagt und konnte den Club nicht mehr retten. Lynns und meiner Beziehung zog das den Boden unter den Füssen weg. Der Ausgang ins „Seven" war ein kostbares Ritual gewesen. Das war der Beginn des Endes unserer Beziehung.

Seit meinem Fitnesstraining und der umgestellten Ernährung assen wir immer seltener zusammen. Das gemeinsame Kochen gab es so gut wie überhaupt nicht mehr, denn ich musste Prioritäten setzen und mein Körper hatte jetzt Vorrang.

Dasselbe mit den Spaziergängen. In der Natur liess es sich schlecht trainieren. Anfänglich durchliefen Lynn und ich noch einige Vita-Parcours in den Wäldern. Das war gut, um mich in die Gänge zu bringen, aber je sportlicher ich wurde, desto höhere Anforderungen hatte ich an mein Training. Mit den Übungen auf den Parcours konnte ich nicht gezielt und effizient genug die gewünschten Muskelgruppen bearbeiten. Mit diesen Umstellungen blieb der Wochenendausgang ins „Seven" als fast einzige Paaraktivität übrig.

Die frei gewordenen Wochenendabende waren schwierig zu füllen. Wir schauten Filme, gingen ins Kino oder tanzten in einem anderen Club. Einige Male hatte das Tanzen tatsächlich Spass gemacht, doch so richtig gepackt, hatte uns keines dieser Lokale. Das „Seven" fehlte uns. Uns stand nichts im Wege, wir hatten alle Möglichkeiten der Welt offen und dennoch gefiel uns nichts richtig.

An den Wochenenden flogen wir sogar nach Paris oder London, um uns abzulenken. Das tat gut, war aber keine Dauerlösung. Ich flog nicht sonderlich gerne und Lynn arbeitete nach wie vor und wollte am Wochenende etwas Erholung haben. Das Loch, dass das „Seven" hinterliess, konnten wir nicht stopfen. Die elektrisierenden Spannungen und die kleinen Verführungsspielchen zwischen Lynn und mir verloren sich im Nichts.

54

Die Leere und Lustlosigkeit erstreckte sich bald genauso auf die Wochentage. Nicht nur das Wochenende, sondern auch die Werktage, wenn Lynn am Arbeiten war, wurden sinnlos. Es war ein Mittwoch und ich sass im Kino. Ich sass meistens im Kino, wenn mir langweilig war. Dann konnte ich einen Film schauen, oder tat zumindest so, als würde ich zuschauen. Die Zeit wollte nicht vergehen. Das Bier war bereits geöffnet und der Film interessierte mich nicht im Geringsten. Ich hatte „Fear and Loathing in Las Vegas" eh schon mindestens fünf Male gesehen.

Einige Wochen hatte ich nichts getrunken, ausser wenn ich im Ausgang war. Der Ernährungsplan erlaubte eigentlich keinen Alkohol, weshalb ich darauf verzichtet hatte. Mit der Langeweile war aber das Verlangen gekommen und ich hatte wieder angefangen. Mittlerweile verging kein Tag ohne Bier. Und mit Bier meine ich Wodka, Caipirinha, Rum, Wein und Whiskey. Inzwischen hatte ich mich an Whiskey gewöhnt. So übel war er überhaupt nicht, bis auf das rauchige Aroma. Das ätzende Brennen im Hals fing ich sogar an zu mögen. Zwischen dem Whiskey und mir entstand eine leidenschaftliche Hassliebe.

Mein Bier und ich sassen also im Kino während der Film lief und meine Gedanken abdrifteten. Das Bier schmeckte ziemlich gut. Es war eine neue Biersorte, die ich bisher nicht kannte. Ich lief in die Küche und holte mir gleich mehrere. Ein Kühlschrank im Kino wäre eigentlich ganz praktisch. Zwar hatte ich einen Getränkekühler und eine Gefriertruhe mit Eis beim Eingang, doch die waren meistens leer. Ich war zu faul, um sie aufzufüllen. Zudem war der Eingang zu weit entfernt. Was ich wollte, war ein Bierkühlschrank neben den Sitzen. Das wäre was Neues und Sinnvolles.

Darüber hinaus wären Pflanzen eventuell nicht schlecht. Pflanzen machten das Ambiente immer angenehmer, selbst wenn man sie im Dunkeln nicht mehr sehen würde. Dann könnte ich Leute einladen und mit ihnen in einem freundlichen Pflanzenkino Bier trinken. Ich könnte beispielsweise meine ehemaligen Arbeitskollegen Ben und Karl vom Call Center anrufen. Bedauerlicherweise hatte ich jedoch nur noch mit Ben Kontakt und auch das unterdessen leider nur noch sehr sporadisch. Es war sicherlich schon fast drei Wochen her, seit ich

115

das letzte Mal von ihm gehört hatte. Zu den übrigen Arbeitskollegen hatte ich eigentlich immer bloss einen sehr oberflächlichen Bezug gehabt.

Vom Fitnesscenter könnte ich Gino oder Thierry einladen. Sie würden sicher kommen. Damals als ich dort trainiert hatte und noch nicht zuhause Gewichte stemmte, hatten wir öfters miteinander gesprochen und Sprüche geklopft. Wenn ich ihre Handynummer gehabt hätte, hätte ich ihnen bestimmt gleich geschrieben.

Ansonsten kannte ich eigentlich nur noch Hanna. Wir hatten eine gute Zeit gehabt, aber seit sie damals gegangen war, weil ich mit Lynn zusammengekommen war, hatte ich nichts mehr von ihr gehört. Einmal hatte ich sie in der Innenstadt gesehen, als ich mit dem Auto unterwegs war, doch sie hatte mich nicht erkannt und so fuhr ich einfach an ihr vorbei.

Hanna war eine gute Frau. Nicht vergleichbar mir Lynn. Lynn war eine Traumfrau. Hanna und ich hingegen hatten jedoch fünf gemeinsame Jahre, in denen wir einiges zusammen erlebt hatten. Darüber hinaus war sie immer freundlich und anständig zu mir gewesen. Sie hatte mich immer akzeptiert, wie ich war und

116

unterstützt. Das hatte ich immer an ihr geschätzt. Wir haben funktioniert.

In meinem neuen Handy hatte ich ihre Nummer gespeichert. Ich nahm das Handy aus der Hosentasche. Hanna war immer noch bei meinen Schnellkontakten. Sie war meine zweite, gespeicherte Kurzwahl. Mein Daumen war bereits auf der Anruftaste, als ich das Handy wieder wegsteckte.

55

Lynn und ich lagen auf zwei Luftmatratzen im Pool. Das Wasser war angenehm warm, auch wenn wir davon nicht allzu viel mitbekamen, da wir auf der Matratze trocken waren. Wir hatten Sehnsucht nach dem Sommer, also holten wir den Sommer zu uns. Wir trugen sogar Sonnenbrillen.

Lynn lag oben ohne auf der Matratze, in ihrer rechten Hand hatte sie einen Mangodaiquiri. Ich trank einen Cuba Libre. Der Rum machte mich entspannt. Ich wollte möglichst nicht nass werden, weshalb ich mich so nahe wie möglich an den Rand zur Ausstiegstreppe zog. Mein Bein machte einen grossen Schritt, um oben an der Treppe Fuss zu fassen, doch die

Matratze konnte mein verlagertes Gewicht nicht halten und kippte. Fluchend landete ich im Wasser. Lynn lachte.

Ich lief davon und stellte die Musik an. Elektrobeats. Lynn und ich sahen uns an. Genau diesen Song hatten wir mehrere Male im „Seven" gehört. Lynn stieg von der Matratze, kam zu mir und wir tanzten. Lynn törnte mich jedes Mal mit ihren flirtenden Tanzkünsten an.

Mein Glas war inzwischen leer und schrie nach mehr Rum, also gab ich ihm mehr Rum. Cola hatte ich keins mehr, was ihm aber egal war. Und mir ebenfalls. Lynn schnappte mein Glas, nahm ein wenig Rum in den Mund und küsste mich. Während des Kusses übergab sie mir den Rum. Nun konnte ich mich nicht mehr bremsen. Wo das endete, muss ich wohl nicht sagen. Also gut, es endete im Pool, dann in der Küche und zum Abschluss im Entspannungszimmer. Ja, das Zimmer wurde seinem Namen gerecht. Wir waren danach völlig entspannt.

56

Es war Freitagabend und Lynn hatte Balletttraining. Anschliessend ging sie mit ihren Kolleginnen einen Trinken. Ich wollte ebenfalls in den Ausgang, wusste aber nicht wohin. Ich checkte mein Facebook. Auf diese Weise bekam ich mit, wo eine gute Party stattfand.

Nico, der ETH-Student, postete einen Anlass in Zürich, der sich spannend anhörte. Mit dem Zug fuhr ich hin. Dadurch konnte ich bereits während der Hinfahrt einige Drinks zu mir nehmen. Am Bahnhof hatte ich eine Flasche Jägermeister gekauft. In Zürich war sie nur noch halb voll (oder halb leer?).

Mit dem Taxi kam ich zum Club. Zürcher Taxifahrer waren mir jedoch nicht halb so sympathisch wie Alex. Ich vermisste Alex. Seit meinen Solbadbesuchen war ich nicht mehr bei ihm Taxi gefahren. Ich hoffte, dass er genügend andere Kunden hatte.

Nico war nicht alleine im Club. Raphael war bei ihm. Wir sahen einander beim Eingangsbereich und glücklicherweise erkannten sie mich wieder. Ich spendierte ihnen einige Long Islands, denn schliesslich sollte es ein lustiger Abend werden. Im Gegenzug durfte ich wieder von ihrem Gras rauchen. Das machte den Abend noch lustiger. Wir kifften, tranken und redeten.

Nico und Raphael waren nach wie vor typische Studenten. Sie schienen ihr Leben zu

119

geniessen. Manchmal gingen sie an die ETH, wenn sie wollten, ansonsten machten sie Party, dröhnten sich zu oder taten, wozu sie auch immer Lust hatten. Eigentlich machten sie fast dasselbe wie ich, bis auf den Unterschied, dass ich Geld hatte. Sie nicht. Sie bekamen von ihren Eltern jeden Monat Geld überwiesen. Das reichte für Gras, Kleidung und alles Notwendige. Hauptsächlich Gras. Nico hatte eine gute Quelle und verkaufte einen Teil des Marihuanas weiter. Das gab ihm zusätzliches Taschengeld.

Es tat gut, wieder einmal zu Tanzen und zu Feiern. Als der Club schloss, liefen wir gemeinsam zum Bahnhof und warteten auf den ersten Zug. Während des Wartens rauchten wir einen weiteren Joint. Dazu tranken wir den Rest Wodka aus der Flasche, die ich im Club gekauft hatte.

Lediglich knapp in der Lage, aufrecht zu stehen, war ich froh, als der Zug endlich da war. Als ich einstieg, war es immer noch dunkel. Der Waggon war leer. Bereits im Zug rief ich Alex an, der mich dann vom Bahnhof nachhause brachte. Der gute, alte Alex. Auf ihn hatte ich mich immer verlassen können. So auch jetzt nach der ganzen Zeit. Ins Bett schaffte ich es aber dann doch nicht mehr. Mit dem Kopf auf der Armlehne wachte ich im Kinosaal auf.

57

Lynn wartete am vereinbarten Treffpunkt auf mich. Es war halb sechs am frühen Abend und ich war nicht da. Folgendes war passiert…

Der Tag begann harmlos in meinem Bett. Der Wecker klingelte um acht Uhr morgens, doch ich hatte nicht die geringste Lust aufzustehen und so ging der Tag im Bett weiter. Als mich mein natürlicher Rhythmus um ein Uhr nach dem Mittag weckte, stand ich auf. Ohne mich anzuziehen, lief ich in die Küche.

Ein Durst packte mich. Ich öffnete den Kühlschrank. Das einzige Getränk, das ich darin fand, war Bier. Nun hatte ich die Wahl zwischen Bier oder Wasser aus dem Hahn. Es war eine knallhart berechnete Entscheidung zugunsten des Bieres, nachdem ich zum Schluss gekommen war, dass Wasser fade schmeckte.

Ich nahm folglich das Bier aus dem Kühlschrank, öffnete es und trank. Es war gut. Dann jedoch begann mein Magen zu knurren. Ich bestellte eine Pizza. Als die Pizza geliefert wurde, war ich bereits beim dritten Bier. Das Bier schmeckte immer noch, mein Magen knurrte immer noch und mein Bewusstsein war längst ein wenig vernebelt vom Alkohol. Die Pizza half ein wenig. Sie kämpfte verbissen gegen den Hunger, bis sie schliesslich siegte. Es war eine Schinkenpizza ohne Schinken aber mit Pilzen und Salami. Voller Entsetzen stellte ich fest, dass ich vergessen hatte, Getränke zu bestellen. Ich rief nochmals beim Lieferservice an. Bis die Getränke geliefert wurden, hatte ich zwei weitere Biere intus.

Um vier Uhr ging ich ins Kinozimmer, in der einen Hand eine Tüte Chips, in der anderen eine Flasche Wasser. Der Film fing an, ich war begeistert und alle lebten glücklich bis ans Ende ihrer Tage. Denkt ihr wirklich, ich ging mit Wasser ins Kino? Wer tut so etwas? Das war natürlich ein kleiner Scherz meinerseits. Im Kino brauchte es Bier.

In der Hand hatte ich das zweite von den letzten beiden Bieren. Das Bier vernebelte meinen messerscharfen Verstand, der unterdessen etwas verschwommen war und einem sehr stumpfen Küchenmesser gleichkam, was ich äusserst schätzte, denn den Film hatte ich schon mindestens viermal gesehen.

Irgendwann zwischen der Liebesszene und dem Roboteraufstand musste ich eingeschlafen sein. Als ich aufwachte, war es bereits sechs Uhr und ich hatte drei verpasste Anrufe von Lynn. Scheisse. Jetzt kennt ihr den Grund, wieso Lynn um 5.30 Uhr ohne mich im Zentrum wartete und ich in Schwierigkeiten steckte.

58

Lynn kam gerade zum Zimmer rein, als ich mir die Hose anzog. Mit den Armen verschränkt und wütendem Blick stand sie vor mir. Ich fand den Vorfall nicht so schlimm. Lynn anscheinend schon. Ich erklärte mich. Lynns Miene wurde nur noch finsterer. Sie schrie mich an:

„Du bist nicht gekommen, weil du besoffen warst? Am Nachmittag? Ist das dein Ernst?"

Ich war mir nicht sicher, ob die Fragen rhetorisch gemeint waren oder nicht, versuchte aber mein Glück mit einer strategisch gewählten Gegenfrage.

„Schatz, das kann doch jedem passieren, nicht?"

Offensichtlich war sie nicht der Meinung, dass das jedem passieren konnte. Ich verstand ihre Aufgebrachtheit nicht. Sie schrie und ich mochte nicht wirklich zuhören, was sie dazu brachte, noch mehr zu schreien. Es war ein Dilemma. Unsere Situation endete damit, dass ich irgendwann ebenfalls schrie und sie daraufhin aus dem Haus stürmte und zu sich nachhause fuhr.

Ich war erschöpft. Ein Bier war jetzt genau das Richtige. Da ich aber leider keines mehr hatte, nahm ich eine Flasche Whiskey vom Regal. Am Pool in einem Liegestuhl nuckelte ich an der Whiskeyflasche und schlief wieder ein. Ich wollte keine Probleme mit Lynn. Sie war eine tolle Frau. Dennoch fand ich, dass sie übertrieben hatte. Und wie sie davongestürmt war, verstand ich erst recht nicht. Wir hätten wenigstens zusammen einen Film schauen können oder uns im Entspannungszimmer die neusten Tiergeräusche anhören können. Die singenden, transsylvanischen Bergziegen bei der Morgentoilette waren brandneu.

59

Lynn und ich versöhnten uns nach einem intensiven zwei-Tage-langen Whatsapp-Schlagabtausch. Ich möchte eigentlich hier nicht sagen, wer gewonnen hat, aber soviel kann ich verraten, ich wars nicht.

Zwei Tage nach dem Start unserer Auseinandersetzung lagen meine Nerven blank. Ich entschuldigte mich schluchzend mit einem Blumenstrauss vor ihrer Wohnung. Dazu trug ich folgendes selbst geschriebenes Gedicht vor, an welchem ich gut drei Stunden in angeheitertem Zustand gearbeitet hatte.

Mein Herz weint,
Meine Sehnsucht strebt nach dir,
Du hast meine Liebe verneint,
Nun steh ich verzweifelt vor dir,

Hoffnung bei mir tragend,
Nach dem Glück greifend,
Mein Kummer erzählend,
Mit Blumen schweifend,

Meine Liebe gesteh ich dir,
Zusammen die Welt erkunden,
Bitte sag mir,
Wollen wir wieder ein Team bilden?

Lynn sah mich verwirrt an. Das war nicht die Reaktion, die ich mir erhofft hatte. Offensichtlich hatte sie mein Gedicht nicht verstanden. Zugegeben, ich auch nicht wirklich, aber es hörte sich schön an und zu diesem Zeitpunkt fand ich die Idee, ihr ein selbstgemachtes Gedicht vorzutragen, ganz ausgezeichnet. Immerhin sah sie meine gute Absicht, nahm die Blumen und zeigte in die Wohnung. Ich trat ein.

Bei einer Flasche Wein sprachen wir über das Geschehene. Damit meine ich, dass ich mich noch drei weitere Male entschuldigte, bis sie nicht mehr sauer war und wir Versöhnungssex hatten. Der Wein half, die Stimmung zu lockern.

Wir schliefen bei ihr. Meistens trafen wir uns bei mir oder in der Stadt, weshalb es schon eine Weile her war, seit ich das letzte Mal bei ihr gewesen war. Die Zweizimmerwohnung wirkte erdrückend klein. Ich fühlte mich eingeengt.

Lynn schlief auf der linken Seite des Betts und schnarchte leise. Ich konnte nicht schlafen. Meine Augen waren geöffnet und starrten zum Fenster. Meine Gedanken liessen mich nicht schlafen, trotz dass der Wein mich müde gemacht hat. Meine Freude über die Versöhnung mit Lynn war getrübt. Eigentlich sollte ich glücklich und erleichtert sein, denn ich hatte Lynn zurück, doch stattdessen empfand ich ein

Unbehagen. Mein Magen spielte ebenfalls ein bisschen verrückt.

Ich sah zu Lynn. Sie war nach wie vor wunderschön, aber diesmal wirkte sie nicht gleich wie üblicherweise. Wieso wusste ich nicht. Irgendetwas fehlte. Dieser Gedanke liess mich nicht zur Ruhe kommen.

60

Die Nacht bei Lynn hatte Spuren hinterlassen. Ich hatte nichts zu tun und hing noch immer meinen betrübten Gedanken nach. Das störte mich. Ich wollte relaxen. Über Facebook schrieb ich Nico aus Zürich an. Von der Party wusste ich, dass er Gras verkaufte und ich momentan welches brauchen konnte.

Nico antwortete sofort. Noch am selben Nachmittag fuhr ich nach Zürich und mit dem Tram gelangte ich zu seiner Wohnung. Er war kurz angebunden. Nach einem knappen „Hallo", gab ich ihm das Geld und er händigte mir das Gras aus. Der Vorgang dauerte keine fünf Minuten. Dabei kam ich mir ein wenig kriminell vor, ein bisschen wie ein Gangster.

Da ich schon mal in Zürich war und eh nichts Besseres zu tun hatte, machte ich auch

127

gleich einen Spaziergang durch die Stadt. Zürich gefiel mir nicht sonderlich. Die Leute wirkten gestresst. Ich zog mich in einen Park zurück und drehte mir einen Joint.

Aus dem Tütchen von Nico nahm ich einige Klümpchen Gras und zerkleinerte sie mit den Fingern. Dank dem Internet wusste ich, dass das Gras möglichst klein zersetzt sein musste, um daraus einen Joint machen zu können. Danach kam der schwierige Teil, das Drehen.

Das Papierchen breitete ich sorgfältig in meiner linken Hand aus. Mit der Rechten bröselte ich das Gras darauf. Anschliessend rollte ich das Papierchen vorsichtig zusammen. Auch das gelang. Nun musste ich die beiden Papierenden nur noch zusammenkleben, doch leider war der Klebestreifen auf der falschen Seite. Ich hatte das Papier die ganze Zeit falsch herum gehalten. Ich fluchte.

Da mich die Stadt schon äusserst strapaziert hatte, war ich jetzt geistig am Kochen. Die kleinen Utensilien und das sorgfältige Basteln, nur um einen scheiss Joint zu rauchen, bekam mir überhaupt nicht. Dennoch startete ich einen neuen Versuch.

Das zerkleinerte Gras gab ich in die eine Hand, das Papier in die andere, diesmal aber mit der richtigen Seite oben. Ich streute das Gras auf das Papier und rollte. Ich rollte, was das Zeug hielt, denn der beschissene Joint wollte einfach nicht schön rund werden. Es sah weniger wie eine Zigarette, sondern mehr wie ein halboffener Schokoladenriegel aus. Nicht nur, dass er viel zu dick war, er liess sich zudem auf der einen Seite nicht schliessen.

Ich verteilte das Gras besser, doch das Rollen gelang trotzdem nicht. Meine Finger wurden langsam zittrig und ich ungeduldig. Bei meinem letzten Versuch verschüttete ich fast die Hälfte des Grases, weil ich meine Hände nicht ruhig halten konnte. Den Rest des Marihuanas beförderte ich noch lauter fluchend zurück ins Tütchen und stampfte Richtung Bahnhof los. Ich war sauer und wollte einfach nur nachhause. Am Bahnhofskiosk kaufte ich drei Bier und nahm den nächsten Zug zurück. Das Bier beruhigte mich.

61

Meine Drehkünste verbesserten sich laufend mit der Übung. Nico besuchte ich wöchentlich für neues Gras. Meistens ging ich am Mittwochnachmittag zu ihm. Zürich blieb für mich jedoch nach wie vor eine abschreckende, kalte Stadt, weshalb es meistens bei einem kurzen Ausflug blieb. Insgeheim hoffte ich, dass Nico und ich miteinander Zeit verbrachten und zu Freunden wurden, doch er war immer sehr kurz angebunden.

Mehrheitlich rauchte ich alleine. Ganz selten rauchte Lynn mit. Mein Training blieb immer häufiger auf der Strecke, denn oftmals war ich viel zu high, um noch irgendetwas stemmen zu können. Manchmal war ich aber auch einfach zu besoffen. Bier blieb meine Vorliebe.

Wenn Lynn und ich uns sahen, schauten wir meistens stillschweigend einen Film. Manchmal hingen wir allerdings auch stillschweigend am Pool oder kochten stillschweigend. Das Schlüsselwort war stillschweigend. Wir sprachen fast nicht mehr miteinander. Es war, als ob uns die Themen ausgegangen waren. Der Alltag und die Routine hatten uns definitiv eingeholt. Das gefiel mir überhaupt nicht, weswegen ich noch mehr trank und rauchte.

Als Lynn wieder mal eine ihrer Ballettvorführungen hatte, war mir absolut nicht danach. Stattdessen rauchte ich einen extrastarken Joint und war dermassen stoned, dass ich einfach zwischen den Kinosesseln hing und die Zeit vorbeigehen liess. Überraschenderweise war Lynn nicht einmal sonderlich wütend auf mich. Vielleicht lag es aber auch einfach daran, dass ich high und betrunken war und sie nicht mit mir in diesem Zustand streiten mochte. Mir war es egal. Ich sagte ihr zwar, dass ich Kopfschmerzen hatte, doch sie wusste, dass das nicht stimmte. Zudem hätte ich ihr trotzdem schreiben können. Mittlerweile verbrachte Lynn immer öfters den Abend bei sich zuhause statt bei mir. Das war neu, konnte mir allerdings ebenfalls egal sein.

In dieselbe Kategorie fiel unsere Verabredung. Wir wollten mal wieder auswärts essen, also trafen wir uns vor dem „Il Colibri". Ich kam pünktliche 45 Minuten zu spät und hatte eine nicht überriechbare Bierfahne. Sie war bereits an unserem Tisch und bekam gerade die Pizza serviert.

„Hallo Schatz, ich kann nichts dafür, die Zeit ist schuld", sagte ich ihr.

Einmal mehr kam mein Humor nicht an. Sie lachte nicht. Ohne mich eines Blickes zu würdigen, schnitt sie ihre Pizza und begann zu essen. Das wiederum war mir nur halbwegs egal. Meine andere Hälfte machte es nachdenklich.

62

Ich sass am Pool in einem Liegestuhl, als mir die zündende Idee kam. Lynn war auf der Arbeit. Ich trank ein Bier und genoss den neusten Electromix. Meine Partylaune lief auf Hochtouren, als ich dachte, wieso ich nicht mein eigenes Partylabel gründen sollte. Seit das „Seven" geschlossen hatte, fühlte ich mich leer an den Wochenendabenden. Ich hatte den Platz, das Geld und vor allem Lust dazu. Es sollte eine exklusive Party werden. Etwas Aussergewöhnliches für Leute wie mich, sprich für Leute mit Geld. Ich wollte nur Gäste einladen, die wussten, wie man feiert. Nur hatte ich keine Ahnung von der Organisation. Ich brauchte Hilfe.

Auf Facebook war ich mit Simon Bloem befreundet, also schrieb ich ihm. Drei Tage später antwortete er. Er schien zwar nicht übermässig begeistert, doch immerhin businessfreudig genug, um zu mir zu kommen und das Projekt zu besprechen. Ich engagierte ein Putzteam, das mein Haus aufräumte und reinigte, kaufte mir einen neuen Anzug und war komplett nüchtern, als Simon bei mir auftauchte. Schliesslich wollte ich einen guten Eindruck machen.

Es klingelte und ich öffnete die Tür. Meine Hände waren schweissnass vor Nervosität. Ich gab mein Bestes, möglichst gelassen zu wirken, aber innerlich fühlte ich mich wie ein kleines Mädchen, das gerade ein Pony geschenkt bekam. Simon wusste nicht, wo er parken konnte.

Beeindruckt von der Einstellhalle im Untergeschoss liefen wir die Treppe hoch in die Küche. Ich bot ihm etwas zu Trinken an. Um seriös zu wirken, trank ich eine Cola. Er nahm ein Wasser mit Kohlensäure. Eine Cola war wohl nicht seriös genug. Ich hätte auch besser ein Mineralwasser nehmen sollen. Die Verhandlungen konnten beginnen.

Gemeinsam liefen wir durch die Räume und ich erzählte ihm von meinen Vorstellungen. Simon sagte nicht viel. Hie und da gab er ein „Mhm" und „Ok" oder ab und zu auch ein „Spannend" von sich, hörte aber dennoch interessiert zu. Die oberen Räume waren privat, weswegen ich ihm diese nicht zeigte. Ich wollte nur die Zimmer des Erdgeschosses für die Party verwenden. Natürlich waren das Kino, die Bar und der Swimmingpool wichtige Teile der Party.

Mehrere Zimmer wollte ich als Tanzfläche nutzen. Zwei Zimmer sah ich als Latino- und Hip-Hop-Dancerooms. Zwei weitere Zimmer, die freistanden, wollte ich zu einem grossen Raum für die elektronische Musik umbauen lassen. Das sollte den Main-Floor geben. Am Pool hingegen sollte ein Mix aus allen möglichen Stilrichtungen gespielt werden.

Dadurch, dass ich eine Bar hatte, wollte ich die Küche isolieren und eine zusätzliche Wand einbauen lassen, sodass das Wohnzimmer und der Essraum getrennt von den Partyräumen waren. Das hinterste Zimmer im Erdgeschoss sollte ein Lager- und Büroraum werden. Irgendwo mussten die Getränke und Esswaren ja aufbewahrt und die Organisation geplant werden.

Simon war nicht vollständig überzeugt. Sein Interesse konnte ich allerdings genügend wecken, damit wir in die Details gehen konnten. Meine Rolle war die des Inhabers und Investors. Er wäre der Geschäftsführer, womit das komplette Risiko bei mir blieb. Damit überzeugte ich ihn definitiv.

Simon gab mir einige Kontakte, um die notwendigen Umbauten zu initiieren. Er kannte eine Firma, die spezialisiert auf Sonderwünsche war und bereits mehrere Clubs eingerichtet hatte. Mit ihr sollte ich die Inneneinrichtung der Tanzräume und die Dekoration des Pools besprechen. Simon übernahm die Anstellung des Personals und die gesamte Bürokratie. Damit ein Nachtlokal entstehen konnte, mussten diverse Formulare und mehrere Bewilligungen eingeholt werden. Erst danach konnten die Werbung und die Kundenakquisition aufgegleist werden.

Das Partylabel brauchte ein gutes Konzept inklusive Werbemotto. Wir wollten Wert auf die Exklusivität legen und gezielt nur bestimmte Kunden anwerben. Wir wollten deshalb keine Plakate öffentlich aufhängen, damit alle davon wussten, sondern mussten anders vorgehen. Es sollte hauptsächlich eine reichere, eher jüngere Schicht angesprochen werden.

63

Die von Simon empfohlene Firma „M&S Baumanagement" begann nach einigen Besprechungen mit den Umbauten und kam schnell voran. Wände wurden herausgerissen, andere eingebaut, es wurde gestrichen, Leitungen verlegt und teilweise herumgebastelt. Das Team arbeitete an mehreren Räumen gleichzeitig und wirkte sehr kompetent, wobei ich wohl nicht der Richtige war, um das beurteilen zu können.

Im Hip-Hop-Raum kamen ein Boden mit Beleuchtung hinein und an die Decke farbige Lichter. Im Salsa-Zimmer wurde ein hochwertiger Parkettboden verlegt und einige Discokugeln sowie ebenfalls Lichter an die Decke angebracht.

Am meisten gab der Hauptraum, der Elektroraum, zu tun. Der Boden sollte ein einfacher, aber massiver Steinboden werden. An die Wand wurden schwarz-weisse Bilder von bekannten Städten wie San Francisco oder Los Angeles gehängt. Am Boden wollte ich ausserdem unbedingt Rauchmaschinen haben, die den Tanzenden den Eindruck vermittelten, auf Wolken zu schweben.

An der Decke wurden Kronleuchter, die farbiges, spärliches Licht gaben, montiert. Der Raum sollte nicht überbelichtet werden. Er sollte eine Privatsphäre schaffen. An den Wänden und an der Decke wollte ich Verzierungen in die Wand eingegossen haben, die wie Efeu aussahen. Die Gäste sollten ein besonderes Partyerlebnis bekommen.

Am Pool musste nicht viel geändert werden.

Eine Musikanlage, verschiedene Lichter, eine Bar, einige Liegestühle und schon war der Bereich partytauglich.

Das Bar-Zimmer und der Lagerraum wiederum machten uns aufgrund der vielen Kühlschränke und Lagereinrichtungen für die Getränke und das Essen mehr Aufwand. Die Getränke bezog ich bei unterschiedlichen Händlern. Das kam am billigsten, auch wenn die Bestellungen deutlich zeitintensiver waren. Ich wollte mich hauptsächlich auf Champagner, Bier und Whiskey fokussieren, doch natürlich durften auch die wichtigsten Spirituosen für Cocktails nicht fehlen. In einem freien Raum baute ich eine zusätzliche Bar nur für Champagner- und Bierliebhaber.

Alles lief nach Plan, bis zwei Baufehler passierten, die die Umbauten um einen Monat verzögerten. Ein Arbeiter hatte aus Versehen eine Nebelmaschine neben das DJ-Pult eingebaut, sodass der DJ jedes Mal komplett eingenebelt worden wäre. Das war das erste Missgeschick.

Der zweite und viel grössere Fehler war, die vergessenen, zusätzlichen Steckdosen und Leitungen in die Wände einzubauen, damit die Technik mit genügend Strom versorgt werden konnte. Ohne Strom gab es keine Party. So einfach war das.

Ich war stocksauer. Simon musste die ganzen Flyer neu drucken und die Planungen mit dem Personal überarbeiten. Er nahm es jedoch erstaunlicherweise ziemlich gelassen. Wahrscheinlich war er sich solche Verzögerungen gewöhnt.

64

Lynn und ich verstanden uns wieder besser. Nach unserem Tief hatten wir uns endlich wieder gefunden. Die Bauarbeiten beanspruchten mich sehr. Ich gab mich voll in das Projekt hinein. Schliesslich wollte ich die Kontrolle behalten und alles nach meinem Geschmack eingerichtet haben, weshalb ich massiv weniger Alkohol trank und so gut wie überhaupt nicht mehr kiffte. Ich nahm an, das half, dass Lynn und ich uns wieder besser verstanden. Nico hatte ich bereits seit vier Wochen nicht mehr besucht.

Lynn und ich hielten uns meistens im oberen Stockwerk auf, da das untere eine ungemütliche Baustelle geworden war. Hauptsächlich relaxten wir im Schlaf- oder Entspannungszimmer, was beides auf dasselbe Resultat kam. Vor allem die neuen Grillengeräusche bei der Nahrungssuche im Dschungel von Südamerika wirkten aphrodisierend. Unser Liebesleben blühte von Neuem auf.

Nach wie vor sprachen wir leider nicht viel miteinander. Dennoch hatten wir ein paar tiefgründige Gespräche. In diesen Gesprächen erfuhr ich, dass Lynn einen spirituellen Kern hatte und insgeheim an den allmächtigen Baum des Lebens glaubte, der Ursprung und Wächter für alles Lebendige auf der Welt war.

Mit dieser Lebensvorstellung konnte ich mich nicht anfreunden. Von einem Baum bewacht zu werden, fand ich absurd, von einem abzustammen jedoch befremdend. Ich stellte mir lieber nicht zwei Bäume beim Geschlechtsverkehr vor, wie sie mich zeugten. Wirklich nicht. Diese Bäume stellte ich mir wirklich absolut überhaupt nicht vor. Einfach widerlich.

65

Mein Modegeschmack war wohl gerade auf Abwegen, meinte zumindest Lynn. Ich hingegen war da ganz anderer Meinung. Wie so oft machte ich einen Shoppingausflug ins Zentrum, um mir die Zeit zu vertreiben. Dabei stattete ich wie üblich meinem Anzugspezialisten einen Besuch ab, um von ihm die neuste Mode zu erfahren.

Noch immer wartete ich auf den kugelsicheren James-Bond-Anzug, aber stattdessen waren neu schottische Kilts ausgestellt. Einer sprang mir sofort ins Auge. Es war ein Kilt aus edelsten Stoffen mit einem traditionellen Muster. Die Grundfarbe war ein Dunkelblau. Darauf waren rote und grüne Streifen, fast wie kariert angeordnet. Ich sah ihn und wusste sofort, dass ich ihn haben musste.

Anfänglich noch ein wenig unangenehm, gewöhnte ich mich schnell an die neu gewonnene Beinfreiheit. Lynn sowie einige Bauarbeiter warfen mir immer wieder verständnislose Blicke zu, doch ich genoss das neue Gefühl. Manchmal trug ich den Kilt wie die Schotten ohne Unterwäsche. Dann kam ich mir besonders frei vor.

Es war Mittwoch und das Wetter perfekt für einen Spaziergang. Als mir von einem vorbeifahrenden Lastwagen der Kilt hochgewindet wurde, erntete ich verstörte Blicke der anderen Passanten. Eine Mutter hielt instinktiv die Augen ihres kleinen Sohnes zu. Eine weitere

Frau liess vor Schreck die Leine ihres Hundes los, worauf sie ihm hinterherrennen musste. Sie sah nicht sehr sportlich aus und der Anblick war witzig. Noch lustiger war aber ein älterer Herr, der sein Toupet verloren hatte. Als ich es ihm aufhob, hatte er seine Stimme noch immer nicht wieder und brachte kein Wort heraus. Trotz des Vorfalls setzte ich meinen Spaziergang unbeeindruckt fort. Es war ein schöner Ausflug, zumindest für mich.

66

In der Woche vor der ersten eigenen Party sorgten die letzten Vorbereitungen für Stress. Simon und ich waren fast immer beide im Haus, um den Mitarbeitern Anweisungen zu geben. Alle Esswaren und Getränke wurden eingeräumt, alle Räume nochmals sauber geputzt und die Arbeitstätigkeiten eingeübt. Das Personal musste sich in den Räumlichkeiten auskennen und im Umgang mit den Partyausstattungen präzise geschult werden. Alle Arbeitskräfte sollten am Wochenende einsatzbereit sein.

Ein Mitarbeiter kam zu spät, weil er die falschen Schuhe anhatte, bemerkte es aber erst auf dem Arbeitsweg, weswegen er wieder zurückmusste, um sie zu wechseln. Ich verstand die modische Wichtigkeit der Schuhe. Sie mussten den Umständen angepasst sein. Fahrlässiges Verhalten konnte ich aber keineswegs dulden, weswegen er gefeuert wurde. Freundlich wie ich war, sagte ich ihm, dass er unverzüglich gehen konnte und nicht mehr kommen musste. Wie ein begossener Pudel stand er regungslos im Eingang. Mit einem fassungslosen Blick schaute er mich an. Offensichtlich verstand er die Bedeutung von „gehen" nicht. Jemand, der zu spät kam und zudem nicht mal richtig Deutsch konnte, war bei mir definitiv fehl am Platz.

Das übrige Personal war fleissig und schien interessiert, an der Eröffnungsfeier einen guten Eindruck zu machen. Das gefiel mir. Simon und ich hatten ein gutes Gefühl für die kommende Party. Wir waren bereit.

Die Gäste waren informiert und Simon hatte schon viele Zusagen von wichtigen Gästen, abgesehen davon, dass sich nicht alle Gäste anmeldeten, sondern einige sicherlich spontan kommen würden. Die Mehrheit der eingeladenen Personen war zwischen 25 und 35 Jahre alt und stammte aus einer reicheren Gesellschaftsschicht. Simon und das Team hatten gute

Arbeit geleistet.

67

Die Party startete am Samstagabend um 19 Uhr mit einem kleinen Apéro. Lynn an meiner Seite sah in ihrem roten, langen, enganliegenden Dress umwerfend aus. Natürlich hatte ich mir einen neuen Anzug für diesen Anlass anfertigen lassen. Der Kilt schien mir etwas unpassend. Der Anzug war in einem matten dunkelgrün. Die Farbe sollte meine Zuversicht und Freude untermauern. Simon kam in seinem alltäglichen Anzug. Er war wohl selbst jetzt in seinem Arbeitsmodus.

Die ersten Gäste kamen, das Buffet war angerichtet und der Service lief auf Hochtouren. Die Leckereien konnten sich sehen lassen. Es gab tropisch belegte Minibrötchen, ein ebenso tropisches Mousse au Coco, tropisch gewürzte Fleischhäppchen und dazu einige tropische Dips. Zum Trinken gab es einen Fruchtsaftmix, natürlich tropisch im Geschmack, entweder mit oder ohne Alkohol.

Die Drinks wurden mit einem Sonnenschirmchen serviert. Wie ihr euch unterdessen denken könnt, war das Motto der Party die

Antarktis. Nein, natürlich Sommer, Sonne, Strand und Ferienfeeling. Wir hatten extra Palmen liefern lassen, um das passende Ambiente zu schaffen. Am Pool hatten wir Sand am Boden verstreut, der einen Strand nachahmen sollte. Das Personal dort trug Strohhüte und kurze Hosen.

Die Gäste waren begeistert. Dafür sorgten wir. Wir sagten ihnen jedoch auch nicht, dass es die Fruchtsäfte alkoholfrei gab. Die meisten der eher jüngeren, reichen Partypromis hatten noch nie irgendetwas Nützliches in ihrem Leben geschaffen und werden das sehr wahrscheinlich weiterhin nie tun, aber sie waren sehr gut im Feiern und Geldausgeben, was ich wiederum begrüsste. Die Musik lief, die Gäste feierten und der Champagner floss.

Von den meisten Aktivitäten der Gäste bekam ich nicht sehr viel mit. Ich war fast ausschliesslich dem Personal am Aushelfen. Dennoch hatten Simon und ich einen positiven Eindruck. Der Event war gelungen. Um 11 Uhr kam erneut ein Ansturm von Leuten und bis ungefähr drei Uhr morgens waren wir am oberen Limit mit der Anzahl Gäste. Danach verliessen die Ersten die Party.

Als es draussen bereits heller wurde,

144

erwischte ich beim Pool eine Gruppe von jungen Männern beim Kiffen. Ich konnte der Versuchung nicht widerstehen und fragte, ob ich auch mitrauchen dürfe. Die Gäste, die noch da waren, schienen zufrieden am Feiern und ich konnte anfangen zu entspannen. Der Stress der letzten Tage löste sich endlich.

In der Runde gaben wir den Joint weiter. Das Gras war einiges intensiver, als das, das ich von Nico kannte. Mir wurde schwindelig. Da half nur eins. Whiskey. Den anderen Jungs spendierte ich auch gleich einen.

Entgegen meiner Erwartung half der Whiskey überraschenderweise nicht. Meine Morgens-um-fünf-Uhr-Logik sagte mir, dass es vielleicht einfach zu wenig Whiskey war, weshalb ich gleich die ganze Flasche hinter dem Tresen hervorholte und sie ebenfalls herumgehen liess. Um sechs Uhr beendeten wir die Party. Ich schlief am Pool in einem Liegestuhl ein, noch während das Personal an den Aufräumarbeiten war.

68

Ich wachte auf. Immer noch auf dem Liegestuhl küsste mich die Sonne durch die verschiebbaren Glastüren. Es war ein fröhlicher Tag und die Vögel zwitscherten ihre farbigen Melodien. Ich drehte mich zur Seite. Neben mir war Lynn auf einem zweiten Liegestuhl. Sie hatte den Angestellten geholfen aufzuräumen und als die Letzten gegangen waren, hatte sie sich einen Liegestuhl geschnappt und sich neben mich hingelegt. Ihr elegantes, rotes, langes Kleid lag neben ihrem Liegestuhl am Boden. Sie trug nur ihre Spitzenunterwäsche, die dasselbe Rot wie ihr Dress hatte. Lynn schlief noch.

Ich setzte mich an den Rand des Stuhls und blickte um mich. Der Poolraum war vollständig aufgeräumt und gereinigt und es gab fast keine Spuren mehr, die auf die Party von letzter Nacht hingedeutet hätten.

Lynn öffnete die Augen und sah mich an. Sie lächelte. Ich lächelte zurück und brachte ein „Guten Morgen mein Schatz" über die Lippen. Mein Atem roch nach abgestandenem Alkohol und Gras. Die Mischung roch so übel, dass ich mich gleich übergeben musste.

Ich stand auf und rannte los, doch leider reichte es nicht rechtzeitig bis zur Toilette. Noch etwa zehn Meter hatten gefehlt. Verflixte zehn kleine Meterchen. Die Toilettenschüssel war bereits in Sichtweite gewesen. Ein ärgerliches

Missgeschick.

Den Rest des Tages schlief ich mehrheitlich und kurierte mich von den Strapazen der Party aus. Lynn versuchte vergeblich, mich fit und munter zu kriegen. Gegen Abend gab sie ihr Vorhaben schliesslich auf und fuhr zu sich nachhause.

69

Die Woche fing mit einem Treffen mit Simon an. Wir wollten gemeinsam auswerten, wie die Party gelaufen war und ein Fazit daraus ziehen. Wir kamen zu mehreren Schlüssen. Die Party war insgesamt ein Erfolg gewesen. Es hatte keine Zwischenfälle gegeben, die Gäste hatten zufrieden gewirkt und wir haben Gewinn gemacht. Dennoch gab es für den nächsten Event einige Punkte zu optimieren.

Für das Personal brauchten wir zwei Leute mehr, die den Nachschub an Getränken und Essen sicher stellten. Zudem musste man das Essen anpassen. Da die Mehrheit der Gäste wohlhabend war, konnten wir es wagen, das Buffet exklusiver zu gestalten, beispielsweise statt einfachen Sandwiches belegte Kaviarbröt-chen. Ein Versuch wert wären ebenfalls Sushi und Sashimi, die sicher bei vielen Gästen gut ankommen würden. Simon und ich mussten allerdings noch die Hygienevorschriften abklären, da der Umgang mit rohem Fisch nicht ungefährlich war.

Was wir bei unserem ersten Anlass ebenfalls nicht berücksichtigt hatten, waren Häppchen für Vegetarier, Veganer, Lacktoseintolerante, Glutenunverträgliche und andere geschmacklich Labile. Das wollten wir für den nächsten Event anpassen.

Mit dem Essen und einem angepassten Motto würden wir sicher noch wohlhabendere Gäste anlocken, die dann bereit waren, mehr Geld auszugeben. Das Motto der Strandparty war demnach nicht optimal gewesen. Strand, Sonne und Fun eigneten sich gut für eine lockere Atmosphäre, nicht aber für unsere Zielgruppe. Dazu kam, dass der Sand im Verlaufe des Abends im ganzen Haus verteilt worden war. Die Putzleute hatten Stunden mit dem Beseitigen des Sandes gebraucht und selbst jetzt fand ich noch einzelne Sandkörner in Raümen, in denen die Party nicht einmal stattgefunden hatte.

Für die nächste Party jedenfalls wollten Simon und ich „Glanz und Glamour" als

Thema. Ich hatte zusätzlich die Idee eines Tigers in einem Käfig beim Pool, doch Simon war davon wenig begeistert, was ich zwar nicht verstand, jedoch akzeptierte.

In vier Wochen sollte die nächste Party stattfinden, danach alle zwei Wochen jeweils samstags. Da die Party nicht wöchentlich stattfand, konnten wir sie exklusiv halten. Ein kurzer Artikel über uns im regionalen Klatschblatt kurbelte zudem unseren Ruf mächtig an, auch wenn wir zuvor solche Publicity nicht haben wollten. Zum Glück hatte Simon gute Kontakte und vorsorglich die Journalistin der Zeitung zur vergangenen Party eingeladen, was zur Folge hatte, dass die zweite Party innerhalb einer Woche ausverkauft war.

70

Eine Innendekorateurin nahm das Haus unter die Lupe und half uns, das neue Thema zu entwickeln und umzusetzen. In alle möglichen Ecken und an freien Wandflächen kamen glänzende, leuchtende Elemente hin. Beim Pool wurden grosse, metallisch-silberne Tierstatuen aufgestellt: Ein Löwe, ein Elefant, ein Pandabär, ein Wolf und eine Ameise. Was genau die

Ameise in dieser Tierreihe zu suchen hatte, wusste ich nicht, aber man konnte die Tiere nur zusammen ersteigern. Sie kosteten ein Vermögen.

Der Löwe war auf der Jagd, der Elefant hatte den Kopf und den Rüssel zum Tröten erhoben, der Pandabär sass auf seinem Hintern und ass eine Stange Bambus, der Wolf fletschte bedrohlich die Zähne und die Ameise war dargestellt, wie eine Ameise halt so war, ameisig. Die Wirkung auf das Poolambiente war jedenfalls riesig. Das silberne Metall reflektierte die Lichter und verteilte die Farben rund um den Pool. Es sah glamourös aus.

Im Latinopartyraum kamen menschengrosse, weisse Säulen hin. Sie standen am Rande des Raums, damit genügend Tanzfläche für die Gäste blieb. Die Säulen schufen kleine, private Nischen, wo man das Gefühl hatte, ungestört zu sein. In diese Nischen stellten wir wiederum kleine Stehtische. Dort konnten die Gäste ihre Champagnergläser hinstellen und miteinander sprechen.

Im Hip-Hop-Raum überstrichen wir die Malereien an der Wand weiss. Wir wollten kein Hip-Hop von der Strasse mehr, sondern ein Hip-Hop für die moderne Gesellschaft. An die

Wände hingen wir zwei Meter mal ein Meter grosse Schwarz-Weiss-Bilder von der Bronx aus den 70er Jahren, wo der Hip-Hop entstanden war. Dazu kamen ebenfalls Stehtische an den Seiten. Im Gegensatz zum Latinoraum aber stellten wir hohe Barhocker an die Tische.

An der einen Bar mit den Neonleuchten an der Wand veränderten wir nicht viel. Das Biersortiment wurde etwas eingeschränkt. Die Champagnerbar hingegen bereitete uns Kopfzerbrechen, denn mit dem Sortiment waren wir grundsätzlich zufrieden, wollten jedoch ein Champagner-Erlebnis schaffen, das den Gästen blieb. Demnach musste an der Innenausstattung gearbeitet werden. Schlussendlich liessen wir vor den Wänden Backsteine mauern.

Vier kleinere Kühlschränke bauten wir für alle sichtbar auf Augenhöhe hinter der Bar in die Wand ein. Dadurch wurde der Champagner sichtbar, was hoffentlich den Konsum steigerte. Die Bar ersetzten wir durch eine viel Längere, die um die Ecke ging. Das sah modern aus und wirkte ansprechend für junge, reiche Hipster. An die Backsteinwände kamen zudem dreieckige Lampen, die nach oben geöffnet waren und somit das Licht zur Decke frei liessen. Der Raum blieb dadurch in einem Dämmerlicht, das die Gäste nicht zu sehr exponierte und eine private Atmosphäre schuf.

Simon, ich und diverse Experten trafen uns täglich, um diese Änderungen vorzunehmen, zu beobachten und zu überprüfen. Ich hoffte auf eine etwas entspanntere Zeit als bei der ersten Party, doch da irrte ich mich. Das Projekt machte mir aber erfreulicherweise nach wie vor grossen Spass, was mich die Anstrengungen zeitweise vergessen liess.

71

Während den Vorbereitungen hatte ich nur wenig Zeit für mich selbst. Meine Fitness blieb dadurch fast gänzlich auf der Strecke. Um nicht dick zu werden, fing ich dafür eine neue Diät an, die Lynn nicht gerade begrüsste.

Ich durfte nur morgens und abends gekochtes Essen zu mir nehmen. Tagsüber ernährte ich mich ausschliesslich von Gemüse und Früchten, und zwar zu gleichen Teilen. Dabei war klar vorgeschrieben, welches Gemüse ich mit welcher Frucht kombinieren durfte. Wenn ich beispielsweise eine Orange wollte, musste ich vorher einen Fenchel verzehren. Das war aber noch nicht der Teil, den Lynn nicht mochte.

Ihr war egal, was ich tagsüber ass. Sie war von Montag bis Freitag ja eh am Arbeiten und nicht bei mir. Wenn wir dagegen abends gemeinsam kochten, musste ich alles in Quinoasamen panieren. Oder zumindest mixen, wenn panieren nicht ging. Ich fand die Samen gar nicht so übel.

Nach den ersten paar gemeinsamen Abendessen kochte Lynn allerdings etwas anderes für sich. Das führte dazu, dass unser gemeinsames Kocherlebnis nun nicht mehr gemeinsam war. Es wurde sozusagen zu einem einsamen Kocherlebnis, was es wiederum nicht mehr wirklich zu einem Erlebnis machte. Man kochte also folglich einfach alleine.

Der Beziehung zwischen Lynn und mir half das nicht gerade weiter. Wir sahen uns zwar nach wie vor sehr häufig, aber es schuf eine noch grössere Distanz zwischen uns. Ich dachte viel an die Anfangszeit von Lynn und mir und fragte mich, wo der Liebeszauber hin war. Besonders gerne erinnerte ich mich an den Abend auf dem Rummel.

Mit Alkohol wurde diese Distanz erträglicher. Im Gegensatz zu früher trank ich zwar weniger Bier, beglich dafür die verlorene Menge Bier mit Whiskey. Ich bedauerte, dass

153

die Beziehung zwischen Lynn und mir nicht mehr dieselbe war wie früher. Der Baum des Lebens war wohl nicht auf meiner Seite. Scheiss Baum. Darauf trank ich einen guten Single Malt.

72

Während des Tages beanspruchten mich die Partyvorbereitungen sehr. Mit meiner neuen Diät zusammen blieb mir nicht allzu viel Freizeit. Dennoch hatte ich das Bedürfnis auf Veränderungen. Der erste Schritt begann beim Friseur. Ich liess mir meine schulterlangen Engelshaare noch himmlischer machen, indem ich sie blond färbte. Lynn sprach drei ganze Tage nicht mit mir. Sie fand die Farbe dermassen abstossend, dass sie mir aus dem Weg ging.

Per Zufall wurde mir an einem dieser lynnfreien Tage auf Youtube ein Video mit einem Zauberer namens David Price angezeigt. Ich klickte es an und war sofort begeistert. David Price liess Spielkarten verschwinden und wiederauftauchen, sich die Hände zusammennähen, den Oberkörper durchstechen und konnte sich aus einem abgeschlossenen Käfig befreien. Es schien, als kannte er keine Grenzen, als wäre er nicht menschlich. Am selben Abend begann ich selbst mit dem Zaubern.

Im Schrank zwischen mehreren, alten Spielen fand ich ein neues, eingepacktes Kartenset. Ich packte es aus und mischte es. Da scheiterte ich bereits. Das lockere Mischen, das bei den Profis immer so einfach und natürlich aussah, war viel schwieriger als erwartet. Die Karten fielen auf den Boden oder liessen sich nur mit grosser Anstrengung durcheinanderbringen. Ich tat dann jeweils das, was ich immer tat. Ich fluchte und trank einen Whiskey. Ich hatte mir fest in den Kopf gesetzt, einige Tricks zu lernen, selbst wenn mir klar war, dass ich nie ein David Price werden würde.

Die Karten und ich waren ab sofort unzertrennlich, etwa wie Tom und Jerry oder Pommes frites und Ketchup. Er dauerte nur drei Tage, bis das Mischen ganz okay war und ich den ersten Trick lernte. Im Internet fand ich Anleitungen für unzählige Kartentricks und weitere Tipps, die es als Magier zu berücksichtigen galt. Meistens übte ich nachts, wenn Lynn bereits schlief, doch ich nutzte ebenfalls jede Gelegenheit durch den Tag hindurch.

Als ich in die Stadt musste, um einige Besorgungen zu erledigen, nahm ich den öffentlichen

155

Verkehr, dann konnte ich im Bus und Tram weitermischen und zaubern. Die anderen Fahrgäste warfen mir zwar einige fragende Blicke zu, aber das machte mir nichts. Kurz musste ich an die lesende Mia denken, die ich früher immer im Bus angetroffen hatte und fragte mich, ob sie noch immer ihre absurden Künstlerbücher las. Mein altes Leben war eigentlich nicht so übel gewesen.

Den ersten Zaubertrick, den ich lernte, war genau genommen ein reiner Zähltrick und hatte nichts mit Magie zu tun. Ich nahm 21 Karten und liess den Zuschauer oder die Zuschauerin eine Karte wählen. Anschliessend teilte ich die Karten in drei gleiche Stapel auf. Je abwechslungsweise legte ich eine Karte nach der anderen auf die Stapel. Der Zuschauer musste jedes Mal sagen, in welchem Stapel sich die Karte befand und nach dem dritten Mal stapeln, war die Karte in der Mitte. Ich musste also nur die Karten zählen, sodass der Zuschauer es nicht mitbekam. Meine Vertuschungsaktionen wurden dabei zunehmend kreativer. Anfangs gaukelte ich vor, die Karte herauszuschnüffeln, dann las ich die Gedanken der Zuschauer und später nutzte ich die spirituelle Kraft der Geister. Besonders bei Kindern kam der Trick gut an.

Schnell verbesserte ich mich. Schon bald konnte ich Karten im Ärmel verschwinden lassen oder aus dem Jackett der Versuchsperson hervorzaubern. Meistens mussten meine Angestellten als Versuchskaninchen herhalten. Wo ich zu Beginn noch verständnislose Blicke erntete, kam mittlerweile doch der eine oder andere verblüffte Gesichtsausdruck. Nur Simon strafte mich jedes Mal mit einem finsteren Blick, wenn ich die Karten hervornahm. Er verstand nicht, wie man die Arbeit und das Vergnügen verbinden konnte.

73

Der geplante Abend kam näher, wir waren im Zeitplan und ich in Partylaune. Als der Samstag dann endlich da war, konnte ich vor Aufregung fast nichts essen. Ich brachte nicht einmal eine Möhre runter.

Lynn verliess das Haus am frühen Abend, denn sie hatte mit ihren Mädels abgemacht. Wenn ihr ihre Mädels wichtiger waren als meine Projekte, sollte sie doch gehen. Wir sagten uns nicht einmal Tschüss, als sie fort-ging.

Für die Party liess ich mir einen dunkelroten Anzug schneidern, in den ich schlüpfte und erhaben durchs Haus stolzierte. Das Personal wurde noch ein letztes Mal von Simon und mir gebrieft. Diesmal konnte nicht viel schiefgehen. Alle wussten über ihre Aufgaben Bescheid.

Wir kontrollierten erneut sämtliche Regale und Kühlschränke, ob nichts fehlte, als auch schon die ersten Gäste eintrafen. Wie beim ersten Mal starteten wir mit einem kleinen Apéro. Die Häppchen kamen erfreulicherweise besser an als beim ersten Anlass.

Bereits um halb 12 war das Haus komplett voll. Wir wussten, dass der Anlass ausverkauft war, dennoch waren wir überrascht, dass um diese Uhrzeit schon so viele da waren. Das musste an der Publicity liegen. Simon hatte vorsorglich zwei Leute mehr engagiert, was sich jetzt auszahlte.

Es war gerade halb 12, als ich die kiffende Gruppe vom letzten Mal draussen sah. Ich gesellte mich zu ihnen und tat mein Bestes. Ich rauchte mit und spendierte Drinks.

Kurz nach Mitternacht war ich bereits ziemlich gut drauf. Man konnte genau so gut sagen, voll zugedröhnt, doch ich nannte es lieber gut drauf. In Windeseile fegte ich vom Pool zu den

Dancefloors, zur Bar und weiter zum nächsten Dancefloor. Dazwischen blieb mir knapp Zeit für ein wenig Smalltalk mit den jungen Schneider-Söhnen oder Jann Falke, der gerade in das Hoteliersgeschäft seines Vaters eingestiegen war. Interessieren tat es mich zwar nicht wirklich, aber ich musste die Spendierlaune aufrechterhalten und die Plauderei gehörte nun mal zum Geschäft.

Was mich hingegen deutlich mehr interessierte, war eine Frau auf dem Electrodancefloor. Sie tanzte in der Mitte des Floors und schien alleine zu sein. Sie fiel mir auf, weil sie blaue Jeans und ein rotes T-Shirt trug. Das war nicht üblich, denn die meisten weiblichen Gäste trugen lange, teure Kleider. Es hatte etwas Gewöhnliches, Alltägliches.

Die Frau war vollkommen in die Musik eingetaucht. Ihre Bewegungen reizten mich. Ich ging zu ihr rüber und sprach sie an. Angenommen ich wäre noch in diesem Moment, würde ich wissen, dass sie Jasmin hiess, doch da das schon eine Weile her war und ich mich nicht mehr erinnerte, nahm ich an, sie hiess Lucy. Ich mochte den Namen. Also Lucy, nicht Jasmin.

Lucy folgte mir an die Bar. Sie duftete gut. Ihr Parfüm zog mich sofort in ihren Bann. Wir

159

tranken und redeten. Lucy war nicht ganz dünn. Hüfte und Oberschenkel waren etwas breiter, aber ihre Gesichtszüge waren weich und sehr feminin. Ihr Gesicht gefiel mir.

Irgendwann später zeigte ich Lucy einen Kartentrick. Immerhin war sie eine Spur beeindruckt, weshalb ich einen weiteren Zaubertrick vollführte. Ich liess Lucy verschwinden und im Erholungszimmer wieder auftauchen. Jetzt war sie sichtlich begeistert. Anschliessend liess ich ihre Kleider in Luft auflösen und machte ihr den Magic Mike. Glücklicherweise konnte die Musikanlage noch andere Musik abspielen als animalische Entspannungsmusik, denn die Schritte eines süssen Polarfuchses im Schnee während eines Abendspaziergangs wären wohl etwas unpassend gewesen.

74

Ich konnte nicht sagen, dass ich stolz war, auf meinen Seitensprung, doch eigentlich war es mir egal. Lucy zog sich an und ging nach Hause. Ich zog mich an und da ich schon zuhause war, lief zum Pool. Dort fand ich die kiffenden Jungs und liess die Party mit ihnen ausklingen.

Mit letzter Kraft gelang es mir, mich ins Schlafzimmer zu schleppen. Mühselig kämpfte ich mich durch die noch tanzenden Partygäste hindurch. Mit beiden Händen bahnte ich mir einen Weg durch die Leute. Die Stimmen der Anwesenden nahm ich nicht mehr wirklich wahr. Meine Sinne waren vollkommen auf das Ziel gerichtet, das Schlafzimmer. Per Zufall kam ich an der Bar vorbei, wo ich völlig unbeabsichtigt ein Bier in die Hand gedrückt bekam. Nun war ich gehandicapt.

Einarmig robbte ich mich die Treppe hoch. Simon schrie mir vom Flur aus wütend irgendetwas hinterher, seine Worte kamen jedoch nie bei meinen Ohren an. Nun befand ich mich auf der Zielgerade, auf dem Flur. Die Dunkelheit und die Schatten das Ganges versuchten, mich in den Schlaf zu zerren. Beinahe gelang es ihnen auch. Nur durch die Stärkung des Bieres konnte ich genügend Energie aufbringen, um ins Schlafzimmer abzubiegen.

Ich öffnete die Tür und trat herein. Glücklich über meinen Erfolg liess ich mich auf den Boden neben dem Bett sinken und schlief ein. Na ja, immerhin war ich nahe ans Ziel gekommen. Ich verbuchte das als Sieg. Immerhin konnte ich verhindern, dass ich erneut

161

neben dem Pool einschlief. Das hatte letztes Mal bei den Angestellten nicht gerade den besten Eindruck hinterlassen.

75

Philip der Poolgrasjunge wurde mein neuer Dealer. Ich fand Gefallen an seinem Marihuana und er wohnte nicht weit von mir entfernt. Das war wesentlich weniger umständlich als Nico aus Zürich.

Nachdem ich mich erholt hatte, schrieb ich ihm und bereits einige Stunden später war ich Haschbesitzer. Zu Beginn fand ich das Hasch etwas stark, rauchte es aber dennoch. Ich trainierte jeden Tag hart, um mich daran zu gewöhnen und schon bald empfand ich es als normal. Wer das hingegen nicht als normal empfand, war Lynn. Natürlich erzählte ich ihr nichts von den täglichen Ausschweifungen. Ihr Rumgemeckere nervte mich schon genug. Da brauchte ich nicht noch echte Probleme. Es reichte mir, möglichst auf Abstand zu gehen und meine Ruhe zu haben.

Die Vorbereitungen für die nächste Party begannen bereits am Montag darauf. Simon und die Angestellten kamen am frühen Morgen ins Haus. Ich war erst am Nachmittag soweit, etwas Konstruktives zustande zu bringen. Am Vormittag war ich nach wie vor zugedröhnt gewesen. Dafür erntete ich eine Strafpredigt von Simon.

Trotz dass ich nicht wirklich hinhörte, drang der Kern der Aussage zu mir durch, dass das Party-Business Ernst zu nehmen war. Die Konkurrenz schlief nicht. Wenn man lukrativ sein wollte, musste man hart arbeiten. Ich erwiderte, dass ich ihn ja für irgendetwas angestellt hatte. Das kam wohl nicht sonderlich gut an. Er kündigte. Folglich musste ich alle Zügel selbst in die Hand nehmen. Leider hatte ich nur zwei Hände. Ganesha, die indische Göttin müsste man sein. Andererseits wollte ich kein Elefant sein. Lieber doch nicht Ganesha.

76

Mit den Anweisungen „Alles wie beim letzten Mal" war schon viel getan. Die Angestellten wussten, was zu tun war. Somit waren der Alkohol und das Essen geregelt. Diejenigen, die dann übrigblieben, sammelte ich zusammen. Aus ihnen machte ich ein Kreativteam und eine Publicitygruppe. Das Kreativteam war zuständig für das neue Motto und die Publicity-gruppe für die Kundenakquisition. Da Simon die ganzen Kontakte gemanagt hatte, war das die schwierigste Arbeit.

Als alle Aufgaben verteilt waren, zog ich mich in den oberen Stock zurück, liess mich auf mein Bett fallen und rauchte einen Joint. Den hatte ich mir verdient.

Das Kreativteam erledigte ihre Aufgabe ganz gut. Das neue Motto war „Be a star" mit viel Glamour wie in Hollywood. Dazu brauchten wir einen roten Teppich, Sternenverzierungen an den Wänden und eine Fotowand. Selbst die Tierskulpturen beim Pool wurden in Anzüge eingekleidet und mit Sonnenbrillen ausgestattet.

Nicht vom Fleck kam dafür die Publicity-gruppe. Ich konnte einige wichtigen Leute, die ich durch Simon kennen gelernt hatte, persönlich anschreiben, was jedoch bei Weitem nicht reichte. Wir veröffentlichten Inserate auf diversen Social Media-Plattformen.

Instagram, Facebook und Co. kamen weit, doch genügten leider nicht. Schlussendlich engagierten wir eine Agentur, um die reichen, jungen Partygänger zu mobilisieren. Wie sie das zustande gebracht haben, wusste ich nicht, aber die jungen Hipster-Schnösel wurden erreicht.

77

Irgendwo zwischen der Planung der Party und dem Kiffen begannen Lynn und ich zu streiten. Die Auseinandersetzung startete, wenn ich mich recht erinnere, dass ich das Gefühl hatte, dass ihr mein Partyunternehmen völlig egal war. Sie dementierte das und erwiderte, dass wir eh so gut wie getrennt lebten und eigentlich nichts mehr voneinander mitbekamen. Das war mir egal. Ich fühlte mich bestätigt. Daraufhin wurde sie immer lauter, ich glich meine Lautstärke ihrer an und schlussendlich schrien wir beide.

Irgendwann rutschte mir raus, dass ich Sex mit einer anderen hatte. Das war wohl ein taktisch eher ungünstiger Zug gewesen. Mit dem hatte Lynn nicht gerechnet. Und um ehrlich zu sein, ich auch nicht. Also nicht, dass ich nicht wusste, dass ich Sex mit einer anderen gehabt hatte, sondern dass ich Lynn davon erzählte. Daraufhin packte sie ihren Mantel und ihre Handtasche und verschwand.

Kurz überlegte ich, ob ich ihr hinterlaufen

sollte, entschied mich aber, es zu lassen. Stattdessen holte ich mir ein Bier und baute mir einen Joint. Aus den Radiolautsprechern sang eine Stimme:

„... you said goodbye ... you said you'd return..."

Die 80er Welle war wohl noch nicht vorbei.

In meinen Gedanken versunken, musste ich an Lucy denken. Verzweifelt versuchte ich, mir ihr Gesicht in Erinnerung zu rufen, leider nur mit mässigem Erfolg. Die Haarfarbe war schwarz gewesen. Dessen war ich mir sicher. Ihr Gesicht war leicht rundlich gewesen. Oder vielleicht auch schmal und länglich. Auf jeden Fall nicht eckig. Und ganz sicherlich nicht gezackt. Die Vorstellung von Lucys gezacktem Gesicht brachte mich zum Schmunzeln. Der Joint tat offensichtlich seine Wirkung.

Vergeblich suchte ich auf Facebook und Instagram nach ihr. Lucy war unauffindbar. Ich geriet in einen Such- und Alkoholrausch. Nach der halben Nacht und einer ganzen Flasche Whiskey gab ich die Suche dann auf. Wobei ich zugeben muss, dass ich nicht freiwillig aufgab, sondern dass ich am Pool vom Liegestuhl purzelte und nicht mehr aufstehen konnte, weil ich zu betrunken war. Infolgedessen blieb mir nur die Option, den Tag am Boden neben dem Pool enden zu lassen und sanft meine Gedanken dem Sandmännchen zu übergeben.

78

Als ich aufwachte, war Wochenende und alles, woran ich denken konnte, war Lynn. Ich musste mich ablenken. Was machte man, wenn man reich war und Spass haben wollte? Ich ging Shoppen.

Mit meinem Aston Martin fuhr ich in die Innenstadt. Er dauerte einen Moment, bis ich einen geeigneten Parkplatz fand. Wenn man ein Auto wie das meine besass, wollte man nicht an einer x-beliebigen Strassenecke parken.

Ich stieg aus und lief in Richtung der Hauptstrasse. Da Weihnachten nur eineinhalb Monate entfernt war, waren die Schaufenster voll mit Paketen, künstlichem Schnee, kleinen Tannen und noch kleineren Rentieren. Die Dekorationen interessierten mich zwar nicht ernsthaft, aber ich schaute trotzdem hin.

Auf der gegenüberliegenden Strassenseite sah ich ein Pärchen, das händchenhaltend vor einem Schaufenster mit kleinen Plastiktannen und Schneemännchen stand. Die Karottennasen der Schneemänner leuchteten orange, was witzig aussah.

Das Paar sah frisch verliebt aus. Ihre Köpfe waren nahe beieinander und sie tuschelten. Es erinnerte mich an die Zeit, als Lynn und ich zusammengekommen waren. Es war eine tolle Zeit gewesen.

Das Paar drehte sich um, um weiterzugehen, da traf mich der Schock. Die Frau war Hanna. Ich erkannte sie kaum wieder. Ihre Haare hingen ihr bis zum Rücken runter. Trotz der langen Haare und der unbekannten Kleider, sah sie vertraut aus. Sie lachte. Ich nicht mehr. Ihr Anblick deprimierte mich. Die Erinnerungen an sie und an die Zeit mit ihr trafen mich sehr. Als sie weglief, schaute ich ihr hinterher, doch eigentlich sah ich sie nicht mehr wirklich. Komplett in Gedanken versunken nahm ich meine Umwelt nicht mehr wahr. Ich wollte nur noch saufen und mich zudröhnen.

Auf schnellstem Weg fuhr ich nach Hause. Zu schnell. Die Polizei stoppte mich etwa in der Hälfte des Heimwegs und der Beamte fragte mich nach meinen Personalien. Als ich ihm sagte, dass er ein Karottengesicht sei (war wohl von den Deko-Schneemännchen kreativ angetrieben worden), forderte er mich auf auszusteigen. Das fand ich doof. Aus Protest stieg ich auf der Beifahrerseite aus.

Mit einem Grinsen im Gesicht löste ich den Sicherheitsgurt, kämpfte mich mühsam auf den Beifahrersitz und weiter zur Tür. Der Polizist musste dadurch um den Aston Martin herumlaufen, um zu mir zu kommen. Das fand der Beamte sichtlich weniger lustig als ich. Er legte mir Handschellen an, zerrte mich in seinen Dienstwagen und fuhr mich zur nächsten Polizeistelle.

Mit einer saftigen Busse und viel Geduld, konnte ich mich aus der Klemme rausreden und schliesslich gehen. Die Busse liess mich kalt, aber wie kam ich zu meinem Wagen und somit möglichst schnell nach Hause? Mein Ziel war nach wie vor der Alkohol und das Gras. Alles andere war mir egal. Ich öffnete meine Kontakte auf meinem iPhone. Kurz überlegte ich, ob ich Lynn anrufen wollte, doch dann liess ich davon ab. Ich wollte nicht, dass sie von dieser Situation erfuhr.

Von Ben und Karl hatte ich viel zu lange nichts mehr gehört. Mich bei ihnen zu melden, wäre eigenartig gewesen. Sie konnte ich also ebenfalls nicht anrufen. Stattdessen rief ich Hanna an, die 30 Minuten später auf der Polizeistation war, um mich abzuholen.

Auf der Fahrt zu meinem Haus zwang sie mich, ihr alles zu erzählen. Es tat gut, mit jemandem zu sprechen, zumindest so lange ich sprach. Als anschliessend sie an der Reihe war und mit ihrer Moralpredigt begann, wünschte ich mir, ich hätte sie nicht angerufen. Sie sagte etwas von „…jeder Mensch hat Limits…", „…Geld macht nicht glücklich…", „…du sollst auf dich aufpassen…", und noch viel dazwischen, das ich jedoch nicht mehr wahrnahm. Ich glaubte, sie machte sich ernsthafte Sorgen um mich.

Zuhause angekommen, betrank ich mich restlos und weil ich gerade die Laune dazu hatte, beendete ich mein Besäufnis erst zwei Tage später am Montag, als ich wieder arbeiten musste.

79

In meinen Launen versunken hatte ich vergessen, die zwei Angestellten, die gekündigt hatten, zu ersetzen. Sie waren dafür zuständig gewesen, die Getränke nachzufüllen. Da jetzt niemand mehr dafür zuständig war, musste ich mitanpacken. Ich hatte einen riesen Stress. Wir waren erneut ausverkauft und das Desaster startete bereits mit dem Beginn der Party.

Wie üblich eröffneten wir die Party mit Häppchen und Aperitifgetränken, diesmal unter anderem einer Fruchtbowle. Als die Bowle fast leer war, schnappte ich mir die vollen Flaschen dahinter und schüttete sie hinein.

Die Flaschen waren Wodkaflaschen, die als zusätzlicher Schuss gebraucht wurden und nicht zum Nachfüllen gedacht waren. Die Gäste wurden daraufhin immer ausgefallener, der Lautstärkepegel immer lauter und als die restlichen Partyleute nach dem Apéro eintrafen, waren viele schon sehr angeheitert. Und mit angeheitert meinte ich hackedicht. Das lockerte die Stimmung von Beginn weg auf. Es wurde mehr Alkohol als jemals zuvor bei meinen Partys konsumiert.

Die Tanzflächen waren voll mit Michael Jacksons, Elvis Presleys und James Browns. Ich sah zudem mehrere Pärchen küssend und fummelnd. Der junge Meier und seine neue Freundin überraschten mich dabei wenig, als ich sie beim Knutschen erwischte.

Etwas mehr Stirnrunzeln verursachten bei mir die Hubers, die über 40 waren und sich in der Enge des Latinoraums gegenseitig die Zunge in den Hals steckten. Der Anblick hatte etwas Ekelerregendes.

Lustig wiederum fand ich den Caduff, der seine Freundin suchend von Floor zu Floor eilte, während sie beim Pool hinter dem silbernen Wolf mit einem anderen rummachte. Und so wie es aussah, blieb es nicht nur beim wilden Küssen.

Um Mitternacht war auch ich sternhagelvoll. Die Bowle hatte mir zwar zugesetzt, meiner Partylaune konnte sie jedoch nichts anhaben. Als guter Gastgeber gehörte es sich, mit den Leuten anzustossen und so war ich, als die letzten Gäste eintrafen in bester Stimmung.

Das Highlight war nicht Mal der kleine Striptease, den ich auf einem der Stehtische im Latinoraum vollführte. Immerhin interpretierte ich das Wort „Stehtisch" neu. Wobei ich sagen muss, dass ich nicht die ganze Zeit auf dem Tisch oben stand.

Der Einfall zur Aktion, die den Striptease noch übertraf, hatte ich, nachdem ich mit Philip und seinen Jungs eins gekifft hatte. Gemeinsam packten wir die Ameise und trugen sie zur Champagner-Bar. Dort setzten wir ihr einen Cowboyhut auf, ritten sie wie einen wilden

172

Stier, schlürften Champagner und sangen Schlagerlieder. Beendet wurde der Spass von Mitarbeitenden, die uns glücklicherweise stoppten. Es brauchte drei Mitarbeiter und zwei Securitys, bis wir von der Ameise abliessen. Die Ameise hatte in diesem Moment eine enorme Anziehungskraft auf uns.

Weil ich am nächsten Tag nichts mehr wusste, erzählte mir Linda von der Bar, wieso die Ameise bei ihr im Raum stand. Die Angestellten erhielten daraufhin einen Bonus, wobei es genau genommen wohl eher Schweigegeld war, da mir die Aktion peinlich war. Dabei war es vielmehr die fehlende Erinnerung als die Aktion, die mir peinlich war. Ich meine, wer hat nicht heimlich das Bedürfnis eine übergrosse, glänzende Ameise zu reiten?

80

Von Lynn hörte ich nichts mehr. Sie schien mit mir abgeschlossen zu haben. Das kränkte mich, konnte es aber verstehen. An ihrer Stelle würde ich mir auch nicht schreiben. Meine deprimierenden Emotionen verdrängte ich mit Arbeit. Die nächsten Partyvorbereitungen warteten glücklicherweise bereits auf mich. Der Rest der

Gefühle, der sich nicht verdrängen liess, ertränkte ich mit gutem Single Malt oder kiffte sie weg. Ab und zu ass ich etwas Rohes, gerade das, was mir zwischen die Finger kam. Meistens vergass ich jedoch die Mahlzeiten, weil ich entweder zu beschäftigt oder in meiner eigenen Welt, weit weg von der menschlichen Ernährung, war.

Ein Ziel hatte ich allerdings immer klar vor Augen. Die beste Party zu machen, die es je gab. Die Party sollte alles Bekannte in den Schatten stellen. Die Leute sollten von einer legendären Party erzählen. Mein Kreativteam und ich arbeiteten Tag und Nacht, doch da die Zeit drängte, machten wir die nächste Party ähnlich wie die letzte. Das gab wenig Aufwand und wir hatten übrige Zeit, um die Party danach, die Knaller-Party, zu planen. Das sollte die Party des Jahrhunderts werden.

81

Der nächste Anlass stand bevor und ich erwartete die Gäste mit reservierten Gefühlen. Es gab nichts, das mich reizte. Alles kannte ich bereits. Alles war wie gewohnt und es langweilte mich. Um meine Stimmung aufzuheitern, wirkte ich meiner Nüchternheit etwas entgegen. Nach sechs Bieren spürte ich den Alkohol bereits ein bisschen. Also gut, ich spürte ihn bereits richtig gut. Die zwei Long Island Ice Teas, drei Tequila Shots und der Cuba Libre danach, waren lediglich zur Absicherung, dass die Stimmung auch so blieb.

Trotz des Alkohols kam bei mir die Partylaune nicht richtig auf, vielleicht, weil ich wusste, dass das eh nicht die Knaller-Party werden würde. Das führte dazu, dass ich den Geschwistern Henkel Kokain abkaufte, als ich sie auf frischer Tat ertappte, wie sie sich das Zeug durch die Nase reinzogen. Natürlich mussten sie mir zeigen, wie man den Stoff einnahm, da ich noch keine Erfahrungen damit hatte.

Schwierig war es nicht und schon kurz darauf war ich der glücklichste Mensch auf der Erde. Wahrscheinlich ist es schwer zu verstehen, wieso ich das tat. Ich versuche es mal so taktvoll wie möglich zu formulieren, ohne jemandem zu nahe zu treten. Ich tat es, weil ich Lust dazu hatte und mich alle Mal konnten. Ich war reich.

Plötzlich sah ich drei Latinas auf dem Hip-Hop-Dancefloor. Ihre Figuren waren perfekt,

175

das Haar lang und glänzend und die Lippen voll und sanft. Liebevoll nannte ich sie das Trio de Janeiro. Ob sie brasilianische Wurzeln hatten, wusste ich nicht, doch das war mir egal. Vielleicht hatten sie es mir im Verlaufe des Abends gesagt, vielleicht aber auch nicht. Die Ablenkung kam mir jedenfalls gerade recht.

Das Trio stellte eine ganz neue Herausforderung dar. Ich wollte sie erobern. An dieser Stelle möchte ich allerdings nicht verraten, ob ich es geschafft habe, sie ins Bett zu kriegen oder nicht, doch mit drei Frauen gleichzeitig Sex zu haben, wäre bestimmt aufregend gewesen. Die eine konnte jedenfalls extrem gut Blasen.

82

Lynn antwortete weder auf meine Anrufe noch auf meine Nachrichten. Wie konnte es sein, dass ich ihr egal war, nachdem wir eine so gute Zeit miteinander hatten. Wir hatten viele schöne Erlebnisse zusammen gehabt. Selbst wenn es am Schluss nicht mehr so stark zwischen uns gefunkt hatte, hatte ich nie Zweifel, dass sie meine Seelenverwandte war. Ich fühlte mich gut mit ihr. Bei ihr musste ich mich nie verstellen oder ihr etwas vormachen. War gerade das vielleicht der Fehler?

Die Vorbereitungen für die ultimative Party waren in vollem Gange. Je weiter wir mit der Planung kamen, desto mehr war ich verunsichert, bis ich schliesslich drei Tage davor wusste, dass das nicht die Party war, die mir vorschwebte. Was genau fehlte, wusste ich jedoch nicht. Das Kreativteam setzte hauptsächlich auf exklusivere Häppchen und Drinks, was zwar toll war, doch irgendetwas fehlte trotzdem. Da ich mehrheitlich mit meinen eigenen Gedanken beschäftigt war, fand ich nicht heraus, was es war.

83

Die Party begann und für mich war alles gleich wie beim letzten Mal. Das Team war bereit, das Essen schmeckte, die Drinks wurden gelobt und ich hatte keinen Bock auf das alles. Nach einer Stunde suchte ich Philip auf. Ich wollte kiffen oder Kokain oder irgendetwas, um mich aufzuheitern. Er war nicht da. Das war ein Dämpfer für meine nicht vorhandene Freude.

Mit offenen Augen ging ich von Floor zu Bar und zur Toilette, suchend nach etwas, das ich mir reinziehen konnte. Es war eine Party voller junger, reicher Schnösels und irgendwer musste irgendetwas dabeihaben. Schliesslich wurde ich fündig.

Die schöne von Graf ertappte ich dabei, wie sie an der Bar eine Pille einnahm und mit einem Drink runterspülte. Ohne viele Erklärungen und langes Bitten gab sie mir eine davon. Nichtsahnend schluckte ich die Pille und die Party war mit einem Schlag der Knaller. Alles war bunt und fröhlich. Ich war glücklich.

84

Die Pferde waren in den Startlöchern und ich schaute gebannt zu. Ich hatte 17 Millionen auf den dritten Gaul gesetzt, der klarer Favorit dieser Runde war. Die Chancen standen demnach gut für den Jockey Smith, sein Pferd Amigo und mein Geld.

Ich befand mich inmitten vieler Menschen. Alle schauten gebannt auf die Startboxen. Die Spannung war hoch und das Wetter trocken und heiss. Glücklicherweise erfrischte mich mein Cuba Libre. Die Boxen öffneten sich und die Pferde rannten los. Alles geschah unglaublich schnell.

Amigo ging kurz nach dem Start um zwei

ganze Pferdelängen in Führung. Ich jubelte. Dann kam die Kurve und alles änderte sich. Die Pferde vier und fünf holten Amigo ein und überholten ihn schliesslich. Smith spornte sein Pferd wild an, doch der Vorsprung von Vier und Fünf vergrösserte sich noch mehr. Als dritter beendeten Smith und Amigo das Rennen.

Die Nummer vier gewann. Das Pferd hiess Charlie und wurde vom Jockey Kelley geritten. Beide Namen fand ich doof. Charlie war erstens kein Pferdename, sondern ein Name für Menschen wie beispielsweise Charlie Chaplin, Charlie Sheen oder Charlie Henningston. (Na gut, ich gebe zu, Letzteren habe ich erfunden.) Und zweitens war Kelley für mich kein Nachname, sondern ein weiblicher Vorname. Ich empörte mich noch eine ganze Weile weiter über die Namen. Dass ich jetzt bankrott war, weil ich mein gesamtes, restliches Vermögen verwettet hatte, war mir egal.

In der Stadt gab es nirgends eine Pferderennbahn. Ich halluzinierte und war nach wie vor auf der Party. Die Pille hatte mich für einige Stunden an ein Pferderennen entführt. Am Sonntagnachmittag erwachte ich im oberen Stock auf dem Flurboden, der nur mässig komfortabel war.

179

85

Das Gefühl während des Trips war super. Selbst wenn ich mich nicht mehr an alle Einzelheiten erinnern konnte, was ich beispielsweise dachte und fühlte, so wusste ich aber, dass es zutiefst schön gewesen war. So schön, dass ich dieses Gefühl wiederhaben wollte. Ich hatte mich derart lebendig und glücklich gefühlt, wie schon lange nicht mehr. Aus diesem Grund arbeitete ich härter an der nächsten Party als jemals zuvor.

Diese Party sollte die unschlagbare Party sein, die mir seit Wochen vorschwebte. Alles sollte gratis sein. Die Gäste sollten trinken und essen können, soviel sie wollten. Dafür sollten nur exklusive Gäste eingeladen werden. Die Party sollte nicht für alle zugänglich sein. Ich wollte die treusten und edelsten Partygänger dabeihaben, die seit Beginn meines Unternehmens an meinen Anlässen teilgenommen hatten. Zudem lud ich Lynn ein. Sie sollte sehen, was ich zustande bringen konnte und stolz auf mich sein. Dann könnten wir uns versöhnen und sie konnte bei mir einziehen. Gemeinsam könnten wir dann unter dem Schutz des allmächtigen Baumes einen Hund kaufen, eine Familie gründen und alt werden.

Zusätzlich wandelte ich meine Rohkost-Quinoa-Diät etwas um. Das Quinoa benötigte ich nicht mehr. Das liess ich sein. Die Rohkost durfte ich ab sofort nur noch vormittags essen und ab dem Mittag gab es dann nichts Festes mehr. Es waren ausschliesslich Fruchtsäfte erlaubt, natürlich in begrenzten Mengen. Das sollte mich reinigen und stärken. Den Anstoss dazu gab mir ein Artikel auf der Webseite „www.hardcorediet.com". Damit hatte ich einen gesunden Ausgleich zum Alkohol und dem Gras, die ich immer noch mehrmals täglich konsumierte.

Nach zwei Tagen fühlte ich mich so schwach wie noch nie. Ich redete mir ein, dass das in der Anfangsphase normal war. Das würde sich bestimmt bald ändern. In Wirklichkeit tat es das tatsächlich, aber nur ein bisschen. Ich fühlte mich nach wie vor schwach, wenn auch nicht mehr ganz so kraftlos wie zuvor, dafür kam jetzt ein Brechreiz dazu. Doch bestimmt gehörte der ebenfalls zur körperlichen Reinigung und war ganz normal. Da musste ich wohl oder übel durch.

86

Die nächste Party begann. Diesmal war ich aufgeregt und freute mich. Zwei Wochen lang hatte ich mich dem glücklichen, sorgenfreien, highen Drogenzustand entgegengesehnt. Die Gäste, das Essen und die Drinks interessierten mich nicht wirklich. Wobei, die Drinks schon ein bisschen. Ohne Whiskey hätte ich bereits einen schlechten Start in den Abend gehabt.

Die Leute soffen und frassen, was das Zeug hielt. Sie hielten sich bei nichts zurück. Schon nach kurzer Zeit waren alle Hemmungen über Bord geworfen. Kaum war die nüchterne Stimmung überwunden, kamen die Tanzkünste und Partytricks der egozentrischen Hipster und selbstverliebten Renommisten zum Vorschein.

Nicht selten wurde gefummelt und geknutscht. Manchmal auch zu dritt oder viert. Auf der Treppe erwischte ich zwei Herren und eine Frau, die sich in Richtung Schlafzimmer davonmachen wollten. Ich stoppte sie, denn mein Schlafzimmer war tabu. Enttäuscht machten die Lusterfüllten kehrt.

In meinem Kopf hatte ich nur einen Gedanken. Ich wollte die Pille. Die Frau von Graf fand ich wie erwartet champagnerschlürfend bei der Bar. Die ersehnte Pille kriegte ich jedoch nicht. Stattdessen hatte sie ein Tütchen Kokain dabei, das ich ihr ohne viele Worte abkaufte. Es schien, als hätte sie mein Interesse schon erahnt. Gemeinsam mit Philipp und seinen Jungs zogen wir uns einige Linien rein, den Rest schenkte ich der Gruppe neben uns. Schliesslich wollte ich meinen Spass teilen. Es war mein grosser Abend. Meine Party des Jahrhunderts.

Ich tanzte, so gut es meine rhythmischen Künste zuliessen. Das wäre schon schrecklich genug gewesen, doch darüber hinaus sang ich ab und zu auch einige Zeilen, was alles noch deutlich verschlimmerte. Dazu verschenkte ich Champagner-, Rum-, Wodka- und Whiskeyflaschen. Die ganze Welt sollte an meiner Freude teilhaben.

Auf dem Elektrofloor sah ich einen jungen Herrn, der sich gerade etwas in den Mund nahm. Ohne nachzudenken, lief ich zu ihm rüber, griff in seine Hosentasche und zog ein Säckchen heraus. Der Mann stand anfangs völlig perplex von der Szene inmitten der tanzenden Leute. Mit mir hatte er wohl nicht gerechnet. Als er aber begriff, was passierte, fing er an, mich zu beschimpfen und schubste

183

mich. An meiner Party schubste man mich jedoch nicht einfach ungestraft.

Ich verpasste ihm einen linken Haken. Mit der rechten Hand hielt ich verkrampft an dem Tütchen fest. Er schlug zurück. Prügelnd taumelten wir über den Dancefloor, bis die Sicherheitsleute hereinstürmten. Natürlich kannten sie mich, weshalb sie den schreienden Herrn packten und rauswarfen. Das Tütchen hingegen befand sich glücklicherweise noch immer in meiner Hand.

Die schockierten Zuschauer lenkte ich mit einigen Flaschen Champagner ab. Das besänftige einerseits ihre Stimmung und andererseits ging die Party wilder fort als zuvor. Gegenseitig gossen sich vier junge Frauen den Champagner in den Mund und einige Männer liessen die Korken knallen und versprühten den Inhalt der Flasche im gesamten Raum.

Mit zittrigen Fingern griff ich in das Säckchen, nahm etwas Kleines, Dunkles heraus und ass es. Es schmeckte nicht sonderlich gut. Gleich danach holte ich nochmals ein Stückchen heraus und beförderte es ebenfalls mit einer unauffälligen Handbewegung in den Mund. Ich wollte sicher sein, dass das Zeug auch wirkte. Und wie es wirkte. Den übrigen Stoff gab ich

184

wie üblich in der Gruppe herum, in der ich mich befand.

87

Die Party war in vollem Gange. Ich amüsierte mich prächtig. Ohne mich um meine Aussenwelt zu kümmern, tanzte und feierte ich ausgelassen. Es war noch kein Ende in Sicht. Irgendwann am frühen Morgen packte mich jedoch der Hunger und ich ging in die Küche, um etwas Essbares zu holen, als ich sie sah. Eine grosse, blaue Schlange, die gerade durch die Tür in den Korridor zur Treppe verschwand. Solches Ungeziefer hatte nichts in meinem Haus verloren. Mein Heim, das ich mit meinem Geld gekauft habe, war befallen.

Wütend schaute ich um mich, griff nach dem grossen Küchenmesser auf der Ablage und stürmte los. Ich bog in den Korridor ein und da war das echsenartige Tier auch schon. Mit einem Schrei rannte ich ihr nach und stürzte mich auf sie. Sie drehte sich um, sah mich und als sie begriff, was geschah, schrie sie ebenfalls.

Zuerst wollte sie wegrennen, erkannte aber schnell, dass eine Flucht sinnlos gewesen wäre. Einen Augenblick später auf der Treppe hatte ich das Reptil bereits eingeholt. Mit ihren schleimigen Armen versuchte sie, das Messer abzuwehren, doch erfolglos. Das widerliche Kriechtier wehrte sich. Mehrmals stach ich auf sie ein. Der spitze Mund öffnete sich und die gespaltene Zunge bewegte sich. Es war, als wollte sie noch etwas sagen, doch sie hatte keine Chance.

Ich stach weiterhin auf sie ein. Sie stürzte zu Boden und das Blut lief ihr über das weisse Hemd und den blauen Anzug ins Gesicht und endete in den hellbraunen Haaren. Schliesslich schlossen sich die schuppigen Augenlider. Ich hatte gewonnen. Erschöpft vom Kampf lief ich zum Pool und liess mich auf einen Liegestuhl fallen. Mein blutverschmiertes Hemd und die Schuhe konnte ich gerade noch ausziehen, bevor ich einschlief.

88

Ich wachte auf. Wieviel Uhr es war, wusste ich nicht. Meine Blase platzte fast, weshalb ich aufstand und in Richtung Toilette losstolperte. Vereinzelt waren noch Leute am Feiern oder in einer Ecke am Schlafen. Irgendwo im Korridor trat ich auf eine Glasscherbe, die am Boden lag.

Mein Fuss blutete. Zum Glück dröhnte der Schädel zu sehr, als dass ich die Schmerzen am Fuss spüren würde.

Es eilte. Endlich auf dem Klo angekommen, liess ich die Hosen runter und ein schöner, gelber Strahl zischte in Richtung Schüssel los. Was für eine Erleichterung. Es war, als würde die Luft aus einem aufgeblasenen Wasserball herausgelassen.

Als ich fertig war und zurücklief, fielen mir die blutigen Spuren am Boden auf. Was war da bloss passiert? Ah ja stimmt, mein Fuss blutete. Drecksscherbe! Und plötzlich fühlte ich den Schmerz von der Wunde an meiner Fusssohle, der in meinen Kopf schoss. Hinkend kam ich beim Pool an.

Wieder zurück auf meinem Liegestuhl begutachtete ich den Fuss, wurde aber nicht ganz schlau daraus. Nachdem ich den Socken losgeworden war, verwirrte mich das viele Blut. Eigentlich wollte ich schauen, ob noch Glassplitter drin waren, doch ich musste irgendwie wieder eingeschlafen sein.

89

Der Lärm der aufknallenden Türen und das Geschrei weckten mich. Männer in Uniformen stürmten herein. Die Waffen der Polizisten waren auf mich gerichtet. Das Geschehen nahm ich in meinem Zustand jedoch nur gedämpft wahr.

Überall um den Pool war Chaos. Essensreste lagen am Boden, Kleider waren verstreut, Dekorationen waren runtergerissen und einige Leute standen verstört im Raum und starrten mich an. In einer Ecke waren zwei junge Frauen, die mich ängstlich anschauten und sich gegenseitig in den Armen hielten.

Zwei Polizisten packten mich und stellten mich unsanft auf die Füsse. Ich bekam Handschellen angelegt. Ein weiterer Polizist zeigte auf ein blutverschmiertes Messer, das er in den Händen hatte. Die zwei Beamten hielten mich je an einem Arm fest und beförderten mich vorwärts. Meine Beine wollten mich nicht recht tragen, weshalb mich die Polizisten unter den Armen mitschleiften.

Im Korridor bogen wir links zum Ausgang ab. Ich blickte kurz nach rechts die Treppe hoch und sah mehrere Männer mit weissen Kitteln über einen Mann gebeugt. Der Mann hatte ein weisses Hemd und ein blaues Jackett an, lag regungslos auf dem Treppenende und Blut tropfte die Stufen runter. Da dämmerte es mir.

90

In dieser Nacht hatte ich einen Mann umgebracht. In meinen Halluzinationen versunken, hatte ich die Realität nicht mehr wahrgenommen. Ich hatte keine Kontrolle mehr über mein Handeln gehabt. Ein Angestellter hatte den blutenden Mann im oberen Stock entdeckt und sofort einen Krankenwagen und die Polizei alarmiert, doch der Krankenwagen war vergebens gekommen. Der Mann war längst tot gewesen.

Die Polizisten waren ohne grosse Umwege geradewegs auf mich zugekommen. Sie hatten mich gesucht. Ein Gast hatte gesehen, wie ich mit einem Messer aus der Küche gelaufen war und es ihnen erzählt. Ich stritt die Tat nicht ab. Wahrheitsgetreu schilderte ich der Polizei, was passiert war und wie es so weit gekommen war. Ich erzählte ihnen die ganze Geschichte vom Lottogewinn bis zu dieser fatalen Nacht. Ein Gericht verurteilte mich daraufhin wegen

Drogenbesitzes und fahrlässiger Tötung.

Damals als ich abtransportiert wurde, war im Polizeiwagen das Radio an gewesen. Eine bekannte Stimme hatte gesungen:

„… come back and stay for good this time…"

Ausblick

Zu seiner eigenen Überraschung hatte Mike nach der
Verurteilung die passenden Ideen für seinen
Elfenkrimi und nahm sich die Zeit ihn zu schreiben.
Das half ihm, seine Erinnerungen an die schreckliche
Tat zu verdrängen.

Mike Moser

Once upon a crime
Ein Elfenkrimi

Teil 1

Die Elfe

Lora stieg aus dem Bett, zog sich an, trank einen Schluck Wasser und verliess das Baumhaus. Die kleine Elfe schloss die Tür hinter sich und wühlte in ihrer Tasche nach dem kleinen, elektronischen Gerät. Sie nahm den ElfPod heraus, steckte sich die kleinen Stöpsel in die verhältnismässig grossen Ohren und drückte „Play". Sie hörte „Kill4me" von „Marilyn Manson". Die zierliche Elfe mochte den Song. Das Lied summend lief sie los.

Obwohl Elfen eigentlich fliegen konnten, zog sie es vor, zu Fuss zur Arbeit zu gehen. Lora mochte die Hektik in der Luft nicht. In ihrer Waldstadt konnten viele Wesen fliegen und die, die es nicht konnten, kauften sich einen F-Car und flogen dann damit. Heutzutage konnten sich fast alle einen F-Car leisten.

Zur Zeit als Lora noch Kind war, hatte nur die wohlhabende Gesellschaftsschicht einen F-Car vermocht, doch das ist heutzutage nicht mehr so. Infolge der grossen Auswahl an Modellen hatten zudem fast alle der vielfältigen Wesen die Möglichkeit, sich einen passenden F-Car zu beschaffen. Das Bild der fliegenden F-Cars in der Luft war jedoch nach wie vor ein seltsames. Die Flugobjekte sahen aus wie Murmeln. Die Farbe und Grösse variierten ganz nach Belieben.

Abgesehen vom unnatürlichen Design, das Lora verabscheute, hatten die Murmeln einen grossen Vorteil gegenüber den menschlichen Autos oder Flugzeugen. Im Gegensatz zu den umweltverschmutzenden, menschlichen Klapperkisten flogen die F-Cars mit umweltschonenden Energietechnologien. Die Elfen hatten eine Technologie entwickelt, die auf demselben Stoffwechselmodell basiert, aus dem das der Lebewesen besteht. Sozusagen fütterte man die Flieger, damit sie Energie schöpften und abheben konnten. Wenn sie dann flogen, sah es eher aus wie ein Schweben.

Die F-Cars machten vieles im Alltag leichter. Dennoch war für Lora der Luftverkehr der reinste Horror. Nebst der Dichte des Verkehrs gab es immer wieder Wesen, die auf die Verkehrsregeln pfiffen, weil sie entweder stark genug waren und ihnen ein Unfall wenig anhaben konnte oder sie die Regeln überhaupt nicht kannten.

Lora zog ihre Füsse der Luft vor, wann immer es möglich war. Sie benutzte die Luftwege nur, wenn sie in Eile war. Es war eine

Viertelstunde vor zehn Uhr. Sie hatte genügend Zeit, um gemütlich zur Arbeit zu laufen.

Gerade als Lora loslief, watschelte der Nachbar Zolo von nebenan aus seinem Apartment. Mit seinen grossen Füssen und den auffälligen Schwimmhäuten zwischen den Krallen hatte sein Gang etwas Ulkiges. Er hob seine Pranke und schwenkte sie grüssend in der Luft. Lora nickte lediglich zurück.

Manchmal kam es ihr vor, als würde er nur darauf warten, dass sie das Haus verliess, damit er sie grüssen konnte. Mit seiner Art wirkte er auf Lora unheimlich. Vielleicht lag das aber auch nur an seinem andersartigen Wesen.

Zolo war ein Rethewar. Retheware sind ungefähr gleich gross wie Elfen, aber anstatt der natürlichen, grünen Elfenhaut hatten Retheware eine matte, braune, schuppige Membran. Das liess ihr Wesen schon von vorneweg schmutzig erscheinen, besonders für Elfen, die im gesamten Wald zu den edelmutigsten und hochachtungsvollsten Gestalten gehörten.

Lora versuchte, ihren Weg unbeirrt fortzusetzen, obwohl Zolo ihr hinterherschaute. Sie spürte seinen Blick in ihrem Nacken. Das liess ihr den Atem stocken. Erst als sie um die Ecke bog und somit aus seinem Sichtfeld war, konnte sie erleichtert durchatmen.

Erneut griff sie in die Tasche. Diesmal fand sie das Gesuchte schneller. Als sie das Päckchen mit den Fingern erwischte, zog sie es aus der Tasche und öffnete es. Sie nahm eine Zigarette heraus. Mit einem Streichholz zündete sie die Zigarette an und zog genüsslich daran. Langsam atmete sie den Rauch die Lunge herunter.

Der Weg bis zu ihrer Arbeitsstelle war leider nicht sehr lang und Lora bedauerte, dass sie die warmen Sonnenstrahlen nicht länger geniessen konnte. Der Weg führte sie durch eine enge Passage, bis sich die Bäume verdichteten. Sie schaute hoch und blickte nach links und rechts. Sie war im Zentrum der Stadt angekommen. Auch wenn sie den Weg fast jeden Tag lief und in der kleinen Stadt aufgewachsen war, mochte sie den Anblick der gewaltigen Baumhäuser mit ihren Lichtern. Sie fühlte sich mit der Stadt verbunden.

Die Stadt war ganz schön gewachsen, seit Lora klein gewesen war. Aus den ach so kleinen und niedlichen Baumhäuschen sind richtige mehrstöckige Wohnkomplexe geworden, die bis in die Baumkronen hochreichten. Die Einwohnerzahl hat sich in den letzten Jahrzehnten vervielfacht. Dadurch musste die Stadt nach oben expandieren, selbst wenn nicht alle Wesen in Bäumen lebten. Einige der Bewohner wohnten unter der Erde oder manche, ganz wenige, im Dickicht, so wie die Vuslusi-Krabbler.

Es war eine bunte und vielfältige Stadt. Von Zweibeinern über Achtbeiner war alles vertreten. Die verschiedenen Arten wurden meistens nach ihrer Anzahl Beine unterschieden. Das war die Norm. Die Statistik wurde den einzelnen Gattungen aber nicht wirklich gerecht. Mit einer grossen Mehrheit an Gattungen waren nämlich die vierbeinigen Wesen vertreten. Zweibeiner, wie die Elfen es waren, gab es am wenigsten.

Durch die Klimaerwärmung zogen vermehrt neue Arten von Wesen in die Stadt, die zu Grosselterns Zeiten noch nicht anzutreffen waren. Aus diesem Grund war das ehemalige, fast dorfhafte Städtchen zu einer multikulturellen Grossstadt geworden.

Das Zusammenleben klappte grundsätzlich sehr gut. Es gab selten kriminelle Vorfälle. Der Anblick von Murcks oder anderen furchterregenden Wesen sorgte bei Lora aber nach wie vor für ein mulmiges Gefühl, auch wenn sie mittlerweile fast täglich in der Stadt anzutreffen waren. Entgegen der Durchmischung lebten viele Gattungen ihren Alltag bevorzugt unter ihresgleichen.

Von Loras Zigarette war mittlerweile nur noch ein Stummel übrig. Sie nahm einen neuen Rauchstängel hervor, zündete ihn mit dem glühenden Stummel an, und tauschte ihn gegen die neue Zigarette aus. Ihr Blick schweifte umher. Der Himmel war durch die vielen Bäume nur knapp erkennbar. Sie mochte die blaue Abwechslung in der sonst so grün-braun dominierten Umgebung.

An manchen Plätzen gab es eine bessere Sicht auf den Himmel und die Sonne. Wenn Lora an einem solchen Plätzchen vorbeikam, nahm sie sich wenn möglich die Zeit und genoss den Anblick der hellen Sonne. Momentan sah sie jedoch nur die leuchtenden Neonwerbungen der Geschäfte, von denen ihr viele sehr bekannt waren.

Die Restaurants, Fashiongeschäfte und Einkaufsboutiquen waren überall in den Bäumen und am Boden zu finden. Verziert mit Blumen und aufwändigen Schnitzereien waren sie unübersehbar. Natürlich wollten sie möglichst viele verschiedene Wesen zum Kauf verführen. Das war leider nicht ganz einfach, denn je nach

Standort brauchte es Lifte oder Klettermöglichkeiten, um die Geschäfte den Bodenbewohnern zugänglich zu machen. Die modernen Techniken machten glücklicherweise vieles möglich. Die meisten Geschäfte hatten verfügbare F-Car-Parkplätze.

Ein Blick auf die mechanische Holzarmbanduhr verriet Lora, dass sie ihren Weg fortsetzten sollte. Sie hatte sich zum Ziel gesetzt, spätestens um zehn Uhr bei der Arbeit zu sein. Im Eilschritt marschierte sie los. Nur noch wenige Strassen trennten sie von ihrer Arbeitsstelle. An verschiedenen Büros vorbei lief sie in die Zielstrasse ein und gelangte zu ihrem Arbeitsort.

Am Boden befanden sich mehrheitlich Firmen verschiedener Branchen und Supermärkte. Etwas in der Höhe waren hauptsächlich Fashionläden lokalisiert. Noch höher oben waren dann die Wirts- und Gasthäuser vertreten. Grundsätzlich konnte man sagen, je höher das Esslokal, desto exklusiver war es. Die teuersten Dinner befanden sich in den Baumkronen. Dort oben waren fast ausschliesslich noble Restaurants oder Luxussuiten anzutreffen.

Entspannt vom Spaziergang verstaute Lora

ihren ElfPod wieder in der Tasche, rauchte ihre Zigarette fertig, warf sie weg und trat in die Hektik des Büros ein. Alle anderen waren bereits da. Lora war, wie angenommen, die Letzte. Fröhlich grüsste sie ihre vier Arbeitskolleginnen Chera, Hesta, Miara und Klyta. Während die drei letzteren zurückgrüssten, warf Chera Lora zuerst einen verachtenden Blick zu, bevor sie sich dann doch noch zu einem gekünstelt freundlichen „Hallo" durchringen konnte. Es gehörte sich für eine Elfe, die Freundlichkeit anderer zu erwidern. Das war elfische Höflichkeit. Alles andere wäre provokative Unfreundlichkeit gewesen.

Lora konnte Cheras Situation zwar verstehen, aber wenn sie ehrlich war, interessierte sie Cheras Wohlbefinden kein bisschen. Lora hatte nicht darum gebeten, sondern wurde von der Inhaberin persönlich zur Abteilungsleiterin der Werbeagentur ernannt. Natürlich hatte sich Lora gefreut, doch überraschend war ihre Beförderung für alle gewesen, am meisten für sie selbst.

Chera hatte hart gearbeitet, um diese Beförderung zu erhalten, und alle wussten das, auch die Chefin, doch gutes Aussehen alleine genügte eben nicht. Dass die Chefin Lora erwählt hatte, hatte niemand ahnen oder beeinflussen können, selbst wenn Loras Eigenschaften für sich sprachen. Von den Mitarbeitenden hatte niemand einen Scharfsinn wie Lora. Besonders geeignet für die Stelle machten sie jedoch ihre Kreativität und Feinfühligkeit.

Einmal war ein Kunde bei ihnen gewesen, der interessiert an einer Werbekampagne für wohlduftende Frauenseifen gewesen war. Die Chefin persönlich hatte den Auftrag des Vulufs im Vorfeld entgegengenommen und an Chera weitergeleitet. Diese hatte die Präsentation der Kampagne vorbereitet. Schlussendlich waren der Kunde, die Chefin und Chera im Konferenzraum gewesen und das Desaster hatte starten können.

Chera hatte alles bis ins kleinste Detail geplant gehabt. Mit Folien und Slogans hatte sie dem Kunden gekonnt die Plakate schmackhaft gemacht. Je mehr die Elfe erzählt hatte, desto freudiger war das Gesicht des Kunden geworden. Dann endlich wurden die Werbegegenstände enthüllt. Es waren drei fast ein Meter hohe Plakate gewesen.

Die Plakate hatten weibliche Vulufs während Vergnügungsaktivitäten gezeigt. Auf dem Ersten war eine Vulufin im Badekleid am

Strand zu sehen gewesen. Sie hatte entspannt in einem Liegestuhl gelegen und zwinkernd zum Betrachter geschaut. Mit ihrer rechten Hand hatte sie die Seife präsentiert. Darunter hatte in leuchtendem Rot der Slogan „Seif up your Life" gestanden.

Plakat Nummer Zwei war eine Vulufin auf einer Schaukel gewesen. Der Schnappschuss hatte das Weibchen am vorderen, höchsten Punkt beim Schaukeln gezeigt. Ihr Rock war vom heftigen Schaukeln gefährlich hoch geweht worden, sodass sie beinahe laszive Einblick von sich gegeben hätte. In ihrer Hand hatte sie ebenfalls eine Seife präsentiert. Mit roter Schrift hatte wieder „Seif up your Life" den unteren Rand geziert.

Das letzte Exemplar war besonders ungünstig gewesen. Darauf war eine weitere Vulufin im Schlafgewand zu sehen gewesen, die mit der Seife im Arm im Bett gelegen und friedlich geschlafen hatte. Natürlich durfte bei diesem Vorschlag der Slogan erst recht nicht fehlen. Für Elfen wären die Plakate ganz akzeptabel gewesen, wenn auch nicht sonderlich originell.

Über Vulufs musste man wissen, dass sie stolze Arbeiterwesen waren. Die Arbeit zeichnete ihren sozialen Rang aus. Ferienbilder waren eine Beleidigung ihres Wesens, ganz zu schweigen, dass es in der Stadt nicht einen einzigen Strand gab. Dazu kam noch, dass sie sehr prüde waren und solche intimen Fast-Einblicke wie auf dem Schaukelbild geschmacklos fanden.

Obendrein war das allerwichtigste für alle Vulufs die Privatsphäre. Niemals würde ein Vuluf sein Heim, geschweige denn sein Schlafzimmer, zeigen. Das letzte Bild hatte somit alle Fettnäpfchen vereint, das Nicht-Arbeiten, die intimen Einblicke und die Privatsphäre. So gesehen, war es schon fast ein Meisterwerk gewesen, derart viele Fehltritte in einem Bild zu vereinen.

Lora, die die Szene von aussen durchs Fenster beobachtet hatte, hatte das Scheitern kommen sehen. Sie war sogleich in den Raum getreten und hatte die Präsentation übernommen. Gekonnt hatte sie den Auftrag gerettet, indem sie zwar zugegeben hatte, aufgrund von Zeitknappheit diese nicht optimalen Entwürfe gemacht zu haben, doch nur weil sie an einer viel besseren Idee gearbeitet hatte, die leider noch nicht fertig war. Danach hatte sie von ihren ad hoc erfundenen Ideen erzählt und damit den Klienten überzeugt. Das hatte ihnen eine Woche mehr Zeit verschafft, der Kunde war bei der Firma geblieben und Lora war dadurch im Ansehen der Chefin deutlich gestiegen.

Für Cheras Karriere war dieser Moment mit grosser Wahrscheinlichkeit das Ende gewesen. Die Beförderung war die alleinige Entscheidung der Inhaberin gewesen und sie hatte sich für Lora entschieden. Die Ernennung abzulehnen, wäre frech gewesen. Zudem wollte Lora die Position wahrnehmen.

Der Tag in der Werbeagentur war langweilig. Es gab keine neuen Aufträge. Loras Aufgabe war es, neue Kunden zu akquirieren und deren Vorstellungen zu klären. Zuständig für die Umsetzung und Verwirklichung waren die vier Mitarbeiterinnen. Da das Team ausschliesslich aus weiblichen Mitgliedern bestand, haben sie sich auf Werbekampagnen für Frauen spezialisiert, ganz nach dem Motto „Von Frauen für Frauen".

Die Werbungen der Agentur waren stadtbekannt. An den angesehensten Shoppingzentren der Stadt konnte man die Plakate, Leuchtreklamen und Banner bewundern. Das war schon ziemlich aufregend. Zumindest fanden das Hesta, Miara und Klyta. Chera hingegen war zu sehr damit beschäftigt, neidisch zu sein und Lora genügte es, am Ende des Monats ihren Lohn auf dem Konto zu haben.

Momentan drehte Lora gerade Däumchen, während die vier anderen das Plakat für „Exqvisit" druckten. „Exqvisit" war eine Parfümmarke. Auf dem Plakat sollte sich eine Elfe erotisch auf einem Ast räkeln und mit dem Duft einsprühen. Die Elfe wirkte sexy und der Ast war ebenfalls prächtig, nur sah man leider die Partikel des Parfüms in der Luft nicht. Diese mussten nun entweder mittels Farbveränderungen sichtbar gemacht oder künstlich eingefügt werden. Beides war gleichermassen mühsam, insbesondere da „Exqvisit" ein schwer zufriedenstellender, aber bedeutender Kunde war.

Als sie mit dem Däumchendrehen fertig war und genug auf Elftube rumgesurft hatte, machte sie Feierabend. Ihre Arbeitszeit war zwar noch längst nicht fertig, doch sie hatte genug vom Rumsitzen. Ausserdem wurde sie von niemandem überprüft, so lange ihre Arbeit erledigt war.

Lora zog ihren Mantel an, schnappte sich ihre Tasche und trat aus ihrem Büro. Wie bereits beim Hereinkommen erntete sie auf ihr

„Tschüss allerseits" unterschiedliche Reaktionen, verständlich, wenn man bedenkt, dass die anderen weiterarbeiten mussten. Chera brachte grimmig knapp ein „Ade" zwischen ihren Zähnen hervor. Loras Stimmung trübte das nicht. Mittlerweile war sie sich Cheras Griesgrämigkeit gewöhnt. Dabei gab es verschiedenste Facetten von griesgrämig. Die Palette von Cheras Stimmungen reichten von pechschwarz, über dunkelschlecht bis abgrundgarstig.

Lora vermutete, dass Chera bereits in der Schulzeit gehänselt worden war und dadurch ihren Hass auf die Welt, und in den letzten Monaten insbesondere auf Lora, entstanden war. Oder vielleicht hatten ihre Eltern einfach nur etwas an der Erziehung falsch gemacht. Wie auch immer, Lora war das egal.

Die Elfe trat aus dem Bürogebäude heraus und beschloss, ihre Freundin Roti zu besuchen. Sie zückte ihr Handy und tippte die Nummer ihrer Freundin in das Gerät. Es klingelte. Sekunden später nahm die Vyrie bereits ab. Roti war zuhause. Sie freute sich über den Anruf und hatte Zeit für einen Besuch.

Lora ging nicht auf direktem Weg zu ihrer Freundin, sondern machte einen Abstecher in den Supermarkt. Zu einem Freundinnen-Plaudertreff gehörte guter Flux. Flux war wie Wein, aber hatte einen etwas höheren Alkoholgehalt und war leicht bläulich in seiner Farbe. Es war eines der Lieblingsgetränke der Elfen.

Lora betrat den Supermarkt. Die alkoholischen Getränke waren in der letzten Regalreihe fast ganz bei der Kasse. Das wusste sie, weshalb sie zielstrebig auf das letzte Regal zuschritt. Sie bog in die letzte Reihe ein und stoppte abrupt.

Vor ihr war ein Barthlox. Barthloxe sind massige Vierbeiner, die ebenso auf zwei Beinen laufen können. Dadurch waren sie die perfekten Warenauffüller. Sie waren imstande auf vier Beinen grosse Mengen zu transportieren, die sie dann in die oberen Regale einsortieren konnten, wenn sie sich auf ihren Hinterbeinen aufrichteten. Im Alltag zogen sie es jedoch vor, auf allen Vieren zu laufen.

Barthloxe sahen mit ihrem orangen Fell und dem buschigen Kragen um den Nacken ein wenig wie ein Pokémon aus. Was sie allerdings auf den ersten Blick komisch aussehen liess, wenn man sich ihren Anblick nicht gewohnt war, waren die Fühler auf dem Kopf. Einziger Unterschied zu einem Pokémon war, dass

213

Pokémon erfunden waren und Barthloxe nicht.

Der Barthlox vor ihr war allerdings nicht irgendein unbekannter Barthlox, sondern Willu, den Lora aus der Schulzeit kannte. Sie wollte gerade rückwärts davonlaufen, doch leider hatte er sie schon bemerkt. Beide waren fünf Jahre in derselben Klasse gewesen. Die ersten zwei hatten sie so gut wie nichts miteinander zu tun gehabt. Die Knaben hatten miteinander gespielt und die Mädchen hatten es untereinander gleichgetan. Danach war die Zeit gekommen, wo sich die männlichen Wesen für die weiblichen zu interessieren begonnen hatten. Und auch das hatten die Weibchen den Jungs gleichgetan.

Lora und Willu hatten nicht weit voneinander entfernt gewohnt. Sie hatten entdeckt, dass sie gemeinsame Interessen gehabt hatten. Aufgrund dessen hatten sie sich vermehrt getroffen und miteinander gespielt. Meistens hatten sie Holzskulpturen geschnitzt. Manchmal aber waren sie auch gemeinsam durch den Wald gehüpft und hatten die verschiedenen Plätze im Wald erkundet, was für eine Elfe eigentlich sehr ungewöhnlich war. Die meisten ihrer Artgenossen flogen lieber unter ihresgleichen durch den Wald.

Durch die intensive und emotionale Zeit, die sie miteinander verbracht hatten, wurde aus Freundschaft Liebe, jedoch nur aufseiten von Willu. Lora hatte seine Liebe nicht erwidert. Das hatte ihrer Freundschaft den Dolchstoss verabreicht. Lora hatte viel an ihrer Freundschaft gelegen und so hatte sie versucht, ihre kollegiale Beziehung weiterzuführen. Willu jedoch hatte immer wieder Annäherungsversuche unternommen und als es Lora nicht mehr ertragen konnte, hatte sie die Freundschaft beendet. Das hatte den sensiblen Barthlox mitten ins Herz getroffen.

Bis heute wusste Lora nicht, ob er jemals über den Bruch hinweggekommen war. Vielleicht liebte er sie heute noch oder vielleicht hasste er sie mittlerweile sogar. Jedes Mal, wenn sie sich sahen, wurde Lora nicht schlau aus ihm. So auch diesmal nicht.

Willu sah Lora sofort und grüsste sie überfreundlich mit einem aufgesetzten Lächeln im Gesicht. Sie grüsste knapp zurück und wollte auch gleich wieder weggehen. Den Flux konnte sie notfalls woanders kaufen. Da fragte er plötzlich, wie es ihr ginge und verwickelte sie in ein Gespräch. Wieso musste er jetzt noch mit Smalltalk anfangen? Noch knapper antwortete sie:

„Gut".

Ohne Gegenfrage führte er jedoch die Unterhaltung fort.

„Mir geht es auch gut, aber die Arbeit hier im Supermarkt ist nicht gerade berauschend. Weisst du, ich langweile mich viel und ab und zu denke ich auch an früher und ..."

Lora unterbrach ihn.

„Weisst du, wo der Flux ist?"

Sie hatte gerade überhaupt keine Lust darauf, in nostalgischen Erinnerungen mit Willu zu schwelgen. Nicht nach der langen Zeit und schon überhaupt nicht, wenn die Freundschaft auf solch unschöne Weise geendet hatte.

Genau genommen hatte sie nie Lust auf Gespräche über vergangene Ereignisse, unabhängig von Willu. Lora war eine gesellige Elfe, die gelegentlich auch mal ein Schwätzchen hielt, doch sie war eine Macherin, die sich auf das Hier und Jetzt konzentrierte. Sie musste nicht viel reden. Und schon gar nicht über die Vergangenheit.

Obwohl Lora genau wusste, wo der Flux zu finden war, liess sie sich von Willu den Weg zeigen. Sie war erleichtert, dass er aufgehört hatte zu sprechen. Wortlos führte er sie zu einem Regal neben der Kasse. Dort waren mehrere Sorten zu finden. Lora entschied sich für den Magix Flux. Das war ein Flux mittlerer Preisklasse, der es aber trotzdem ganz schön in sich hatte. Genau das Richtige für ein lockeres Schwätzchen mit ihrer Freundin.

Lora bedankte sich bei Willu für das unnötige Wegweisen, als der Barthlox versuchte, sie zum Abschied zu umarmen. Das war einer der angesprochenen unangenehmen Momente, in denen Lora nicht wusste, was er für sie noch empfand. War das jetzt ein erneuter Annäherungsversuch gewesen? War es lediglich ein freundschaftliches „Tschüss" gewesen?

Lora konnte gerade noch „Aufwiedersehen" sagen, sich umdrehen und zur Kasse laufen, um der unerwünschten Umarmung zu entfliehen. Willu blieb mit einem enttäuschten Gesichtsausdruck zurück, was Lora allerdings egal war. Der Flux kostete 11 Efeu-Dollar. Sie bezahlte mit ihrer Prepaid Efeu-Card und ging aus dem Shop.

Die grosse Wanduhr oberhalb des Ausgangs verriet Lora, dass sie sich beeilen musste, um rechtzeitig bei Roti zu erscheinen. Nach einem Seufzer entschied sie sich zu fliegen. Mit einem kräftigen Sprung hob sie vom Boden ab. Ihre verhältnismässig kleinen und zierlichen Flügel begannen wie wild auf und ab zu schlagen. Die Elfe glitt immer höher in die Lüfte. Kurz vor der Luftstrasse wartete sie. Als es eine Lücke gab, fügte sie sich nahtlos zwischen zwei F-Cars ein und flog mit dem Strom.

Drei Strassen weiter musste sie rechts abbiegen. Kaum hatte sie nach rechts eingelenkt, flog ein F-Car auf der Strasse von nebenan mit vollem Tempo direkt auf sie zu. Mit einer Vollbremsung konnte dieser das Schlimmste verhindern. Er bremste, so fest er konnte, doch tangierte die Elfe noch knapp. Lora wurde am einen Flügel gestreift und wirbelte wild in der Luft herum. An einem Ast konnte sie Halt finden. Endlich kam sie zum Stop. Der F-Car flog neben sie heran. Die Fahrerluke öffnete sich. Im Inneren befand sich ein Krufax, der sichtlich wütend war. Er schrie.

„Du doofe Elfe! Kannst du nicht blinken?"

„Hab ich doch! Hast du keine Augen im Kopf? Würdest lieber mal die Verkehrsregeln lernen!", erwiderte Lora.

„Ich hab genau gesehen, dass du nicht geblinkt hast! Du dumme Kuh!"

Da kam Lora ins Nachdenken. Krufaxe sind überaus aufrechte Wesen, wie die Elfen. Sie hatte wirklich vergessen zu blinken. Mit einem

Schlag wurde ihr bewusst, dass sie im Unrecht war. Sie entschuldigte sich, der Krufax schien jedoch nur mässig zufrieden. Sein F-Car hatte am linken Vorderlicht Schaden genommen. Dafür musste die kleine Elfe jetzt aufkommen. Sie tauschten ihre Versicherungsdaten aus.

Der Krufax bestand darauf, dass sie auch gleich bei der Versicherung anrief, damit alles korrekt vonstattenging. Die Versicherung wiederum setzte voraus, dass der Unfall der Polizei gemeldet wurde, weshalb es einen weiteren Anruf zu tätigen gab. Als dieses Telefonat ebenfalls erledigt war, entschuldigte sich Lora noch einige Male mehr, bis der Krufax schliesslich fluchend zurück in sein Flugmobil stieg und davonflog.

Lora ging zu Fuss weiter. Für heute hatte sie genug vom Fliegen. Auch wenn der Unfall geklärt war, hatte sie nach wie vor ein mulmiges Gefühl in der Magengegend. Glücklicherweise traf sie einige Minuten später bereits bei ihrer Freundin ein und konnte sich dort etwas vom Schreck erholen.

Lora begrüsste die Vyrie mit einem herzlichen „Hallo", gefolgt von einem Küsschen auf die Wange. Dann trat sie in die Wohnung ihrer Freundin und beide setzten sich an den Tisch im Wohnzimmer.

Vyrien waren verwandt mit den Elfen, weshalb sie meistens gut miteinander auskamen. Im Gegensatz zu den vielen positiven Attributen, die den Elfen zugeschrieben werden konnten, waren Vyrien kleiner und viel feiner gebaut, weswegen sie unter anderem deutlich weniger sportlich waren. Dafür waren sie umso geselliger und schwatzhafter. Damit deckte Roti die Vyrie Loras Redebedarf mehr als genügend ab, sodass sie dafür fast keine anderen Freunde mehr brauchte.

Die beiden sprachen über die Tagesereignisse. Lora erzählte vom Fitnesscenter, der Arbeit in der Werbefirma, dem Unfall und dass sie im Supermarkt Willu über den Weg gelaufen war. Dabei kam ihr in den Sinn, dass sie eine Flasche Flux dabei hatte. Sie öffnete die Flasche, während Roti zwei Gläser holte.

Der Flux floss und die zwei gerieten immer mehr ins Lästern. Zu Beginn ging es noch sachlich um den Unfall. Lora erzählte vom Krufax und wie peinlich ihr der Vorfall war. Sie erzählte auch, dass zwar alles geregelt war, doch der Krufax wahrscheinlich immer noch sauer auf sie war. Sollte er nur sauer sein. Ihr konnte der fluchende Krufax egal sein.

Weiter erzählte sie von ihrer Kollegin Kiera, die sie im Fitnessstudio am Vormittag getroffen hatte. Sie waren gemeinsam im Spinningkurs von Waluf und jetzt hatte sie Muskelkater. Die beiden lachten. Muskelkater konnte anscheinend lustig sein.

Daraufhin kamen sie auf Chera zu sprechen. Die würde Lora wohl nie verzeihen. Andauernd warf sie ihr finstere Blicke zu. Anfangs hatte es Lora noch als unangenehm empfunden, doch mittlerweile fand sie es lächerlich und manchmal sogar ein wenig belustigend. Chera sollte endlich nach vorne in die Zukunft schauen. Selbst schuld, wenn man unfähig im Job war. Die beiden brachen wieder in schallendes Gelächter aus. Der Flux wirkte offensichtlich.

Zum Schluss berichtete sie von ihrer Begegnung mit Willu. Das sei jedes Mal komisch, wenn sie sich sahen. Wieso konnte er die Vergangenheit nicht hinter sich lassen und sich normal verhalten? Das ging Lora wirklich auf die Nerven. Roti verstand das. Sie war damals in der Parallelklasse von Lora gewesen und hatte das Liebesdrama mitgekriegt. Eigentlich hatte es die ganze Schule mitgekriegt, derart am Boden zerstört wie Willu gewesen war.

„Willu sollte sich besser auf seine Karriere konzentrieren."

„Welche Karriere?", entgegnete Roti.

Wieder lachten beide. Wahrscheinlich würde er es nie zu mehr als einem Regalauffüller bringen.

Lora war gerne bei Roti, aber nach einer gewissen Zeit genügte ihr die Gesellschaft der Vyrie. Auch wenn sie ein gutes Verhältnis hatten, bemerkte sie doch ein gewisses Ungleichgewicht in ihrer Freundschaft. Das kam daher, dass Roti weder besonders erfolgreich im Job war, noch jemals einen Freund, geschweige denn einen Ehemann, gehabt hatte. Rotis tiefster Wunsch war es, einen Partner zu finden. Das spürte die feinfühlige Lora, weshalb sie ihrer Freundin schon Sachen verschwiegen hatte.

Die Stunde mit Flux und Tratsch genügte Lora. Sie verabschiedete sich und machte sich auf den Nachhauseweg. Kurz überlegte sie, ob sie fliegen sollte, doch angesichts des noch anhaltenden Schreckens vom Unfall verwarf sie den Gedanken und schritt los. Während sie lief, rief sie ihren Ehemann Norwo an. Sie erzählte ihm vom Unfall. Er konnte sie erfreulicherweise beruhigen.

Ihr Ehemann arbeitete als Beamter für das städtische Transportunternehmen und erfuhr täglich von Unfällen. Lora konnte sich glücklich schätzen, unversehrt davongekommen zu sein. Eigentlich hatte sie aber angerufen, weil sie wissen wollte, wann er nachhause kommen würde, damit sie das Kochen planen konnte. Ihr Mann Norwo steckte jedoch gerade in einer sehr intensiven Arbeitsphase. Eine sieben Monate lange, intensive Arbeitsphase, die nie zu enden schien, dachte sich Lora.

Momentan koordinierten sie beim Unternehmen die ganzen Güter-Transporte neu, was zu langen Schichten und kurzen Nächten führte. Deshalb antwortete er nur knapp angebunden. Irgendwann spät in der Nacht würde er nachhause kommen, meinte er.

Genauere Angaben konnte er nicht machen. Lora erzählte ihm noch vom Arbeitstag im Büro, ihrer Begegnung mit Willu und dass sie soeben bei Roti war. Anschliessend sagten sie sich „Tschüss" und die Elfe legte auf. Sie war enttäuscht. Sie verfluchte seine Arbeit.

Erneut nahm sie den ElfPod aus der Tasche. Sie steckte sich die kleinen Stöpsel in die Ohren. Mit der rechten Hand suchte sie nach der Play-Taste. Endlich fand sie die Taste, die sie sogleich drückte. Die raue Stimme von Marilyn Manson sang:

„ ...We're killin' strangers, so we don't kill the ones that we love...".

Noch in Gedanken versunken schritt sie auf ihr Baumhaus zu. Mit ihrer rechten Hand griff sie nach ihren Schlüsseln. An ihrer Haustür angekommen, steckte sie den passenden Schlüssel ins Schloss und drehte ihn um. Sie drückte den Türknauf nach unten.

Kaum hatte sie die Türe einen Spalt breit geöffnet, durchbohrte sie etwas Spitziges. Lora verstand nicht wirklich, was geschah. Alles passierte viel zu schnell. Sie schaute an sich herunter. In ihrer Brust steckte ein Messer. Das Blut begann herauszuströmen. Sie schaute hoch und sah in das Gesicht des Angreifers. Ihre Miene verzog sich zu einer Mischung aus Entsetzen, Fraglosigkeit und Überraschung. Mit letzter Kraft brachte sie nur noch ein Wort heraus.

„Du?"

Danach wurde ihr Blick verschwommen und sie verlor die Kontrolle über ihren Körper. Lora fiel rücklings zu Boden. Die Stöpsel des Kopfhörers purzelten ihr aus den grossen Ohren. Sie spürte, wie das Leben aus ihr herausfloss. Innerhalb weniger Minuten starb

224

sie an dem massiven Blutverlust vor ihrer eigenen Haustür.

Teil 2

Der Kommissar und sein Gehilfe

Der Kommissar parkte seinen F-Car, stieg aus und lief zum Tatort. Mit seinem langen braunen Mantel und dem Béret auf dem Kopf bot er ein ungewöhnliches Bild für einen Elfen. Sein Gehilfe Tibo war bereits da. Dieser war in der üblichen Polizeiuniform gekleidet. Beide waren über die im Blut liegende Leiche gebeugt.

„Ist das das Opfer?"

„Ja, Resso", sagte der Gehilfe und dachte für sich, „Nein, ich stehe zum Spass bei einer toten Elfe. Dir übrigens auch einen schönen, guten Abend."

„Gibt es weitere Opfer?"

„Nein."

„Gibt es Zeugen?"

„Nein."

„Todesursache ist Erstechen?"

„Soweit ich weiss schon. Zu sehen sind keine weiteren Verletzungen oder mögliche Fremdeinwirkungen. Es war ein sauberer, kräftiger Stich mitten in die Brust."

„Also auch keine Anzeichen von einem Kampf?"

„Nein. So wie es aussieht, wurde die Elfe überrascht."

„Hmm..."

Der Kommissar schaute sich um. Die Haustüre war nach wie vor einen Spaltbreit offen. Ansonsten schien alles ruhig. Für einen kurzen Moment dachte er, einen Schatten am Nachbarsfenster zu sehen. Resso war sich allerdings nicht sicher, weshalb sein Blick weiterschweifte. In einiger Entfernung stand ein Garlamär, der wartend zu ihnen hinüberschaute.

„Wer ist das?"

„Der Anrufer. Er hatte die Leiche entdeckt und die Polizei informiert."

Der Anruf bei der Polizei ging vor etwa einer halben Stunde ein. Resso hatte sich beeilt, doch sein Gehilfe Tibo war näher am Tatort gewesen, weshalb er früher als der Kommissar eingetroffen war. Tibo hatte bereits erste Ermittlungen angestellt, um dem Kommissar die wichtigsten Informationen geben zu können, sobald dieser eintraf.

„Weiss der Garlamär etwas?"

„Nein, er hat nichts gesehen, nur die Leiche."

Als wäre eine Leiche nichts.

Der Kommissar ging zum Garlamär rüber, sagte etwas zu ihm und schüttelte seine Hand. Daraufhin flog der Garlamär los und war bald nicht mehr in Sichtweite. Resso kam zurück zu Tibo und der Leiche.

„Was hast du über die Leiche herausgefunden?"

„Die Elfe heisst Lora.", begann der Gehilfe, doch bevor er weitersprechen konnte, warf der Kommissar ein:

„Nur Lora?"

„Ja, in der Fantasiewelt dieser Geschichte haben alle Wesen nur einen Namen. Oder hast du einen Nachnamen Resso?"

„Stimmt, habe ich nicht. Was weisst du sonst noch über die Elfe?"

„Sie war verheiratet mit einem Elfen namens Norwo und hatte bei einer Werbeagentur gearbeitet. Aussergewöhnlich ist, dass heute ein Unfall gemeldet wurde, in den die Elfe verwickelt war. Es scheint sich aber um einen gewöhnlichen Versicherungsfall zu handeln."

Tibo strahlte, stolz über die Kenntnisse, die er in solch kurzer Zeit über das Opfer in Erfahrung gebracht hatte. Der Kommissar schaute ihn ohne mit der Miene zu zucken an. Offensichtlich war Resso nicht sonderlich beeindruckt.

Zum Glück hatten die beiden bereits einige Fälle zusammen gelöst. Tibo kannte den Kommissar immerhin gut genug, um zu wissen, dass der Kommissar zufrieden mit seiner Arbeit war. Resso war kein Elf der grossen Worte. Vielmehr war er ein Denker. Aus diesem Grund war er auch bei der Polizei gelandet und Kommissar geworden. Im Inneren grinste der Gehilfe stolz weiter. Tibo mochte die Zusammenarbeit. Bisher war sie sehr lehrreich gewesen, auch wenn Ressos Charakter ihm manchmal auf die Nerven ging.

„Hast du schon Fotos vom Tatort gemacht?"

„Nein", antwortete Tibo und zückte seine Kamera aus der Jackentasche.

Das hatte er vergessen. Fotos gehörten zum normalen Vorgehen und waren Teil seines Jobs. Es fuchste ihn, dass ihm das entgangen war und Resso ihn erinnert hat. Er wirbelte um die Leiche herum und drückte einige Male auf den Abzug des Apparats. Nach wenigen Minuten unterbrach ihn der Kommissar.

„Wir müssen los."

„Zum Ehemann?", fragte der Gehilfe. Was er aber nicht laut aussprach, war:

„Und gern geschehen für die Fotos."

„Ja, zum Ehemann."

Der Ehe- oder Liebespartner war immer die erste Verdachtsperson. Das war das Standardverfahren. Über 80 Prozent aller Morde geschahen aus Eifersucht oder Liebeskummer und klärten sich innerhalb von 24 Stunden auf. Aus diesem Grund war der Täter in den meisten Fällen einfach zu ermitteln. Häufig ergeben sich die Liebestäter von allein, da sie ihre Schuldgefühle erdrückten.

„Wo ist dieser Norwo zur Zeit?"

„Wahrscheinlich noch auf der Arbeit. Er arbeitet beim städtischen Transportunternehmen."

„Gut."

Die beiden stiegen in ihre F-Cars und flogen los.

Der Ehemann

Der Kommissar und sein Gehilfe hielten vor der grossen Halle des städtischen Transportunternehmens. Sie traten ein. Überall waren unterschiedlichste Fahrzeuge zu sehen, an denen verschiedenartigste Wesen herumhantierten. Die beiden blieben einen Moment lang stehen und schauten sich um. Ein Raum von diesem grossen Ausmass war sehr selten in der Stadt. Es bedarf eines grossen Wissens und

Aufwand, ganz abgesehen von den Kosten, eine solche Halle zu bauen. Das Transportunternehmen war offensichtlich nicht von der Finanzkrise betroffen. Das Unternehmen beförderte weniger Personen als Güter, obwohl sie für private Firmen ebenso Personenbeförderungen organisierten.

Resso fragte den gelben Orliboth, der gerade bei einem übergrossen F-Car mit verschmierten Kleidern am Herumschrauben war.

„Weisst du, wo Norwo zu finden ist?"

Ohne Worte zeigte der Orliboth zu einer Treppe am Ende der Halle. Der Kommissar und sein Gehilfe liefen dorthin. Links von ihnen, kurz vor der Treppe, sahen sie ein sehr seltsames Gefährt. Es hatte zwei Räder, die mit einem Fahrgestell verbunden waren. Resso schaute seinen Gehilfen mit einem fragenden Blick an.

„Das ist aus der Menschenwelt. Darüber habe ich mal gelesen. Man sitzt drauf und gibt Energie mit seinen Beinen, die das Fahrgestell dann in die Räder überträgt. Es ist ein nicht sehr intelligentes Fortbewegungsmittel. Alles hängt von der eigenen Energie ab. Zudem ist es sehr unpraktisch in den dichten, wurzelübersähten Wäldern."

Vergebens wartete der Gehilfe auf eine Reaktion des Kommissars. Resso drehte sich lediglich um und schritt die Treppe hoch. Tibo eilte mit den Gedanken „Bitte, gern geschehen. Ich finde das auch sehr spannend" hinterher.

Oben angekommen hatte es eine Türe, die mit der Aufschrift „Zentrale" angeschrieben war. Resso klopfte und beide traten ein. Der Raum war ausgestattet mit mehreren Bildschirmen und vielen Knöpfen und Hebeln in jeglichen Formen, Grössen und Farben. Der Kommissar räusperte sich. Die Blicke der fünf Personen im Raum waren prompt auf ihn gerichtet.

„Wer von euch ist Norwo?"

„Das bin ich", antwortete ein Elf unmittelbar neben ihnen.

Der Elf trug einen enganliegenden Wollpullover und eine dunkle Stoffhose.

„Wir sind von der Stadtpolizei. Wir haben einige Fragen und müssen Sie bitten mitzukommen."

„Was? Wieso denn? Ich meine, um was geht es?"

„Bitte kommen Sie widerstandslos mit. Alles weitere erfahren Sie auf dem Polizeiposten."

Norwo begriff nach wie vor nicht, was gerade geschah, aber der Tonfall des Kommissars verriet ihm, dass er der Aufforderung besser Folge leistete. Er lief zu den zwei Polizisten, die ihn ins Sandwich nahmen, und zu dritt verliessen sie die Halle. Tibo lief vor und Resso hinter dem unwissenden Witwer. Sie liefen zum F-Car, von wo aus sie zur Polizeistation flogen.

„Wir müssen Ihnen leider mitteilen, dass Ihre Frau vor etwa zwei Stunden tot vor ihrer gemeinsamen Wohnung gefunden wurde."

Obwohl er das Wort „Leider" gebraucht hatte, schaute Resso den Verdächtigen mit einem ernsten, analysierenden Blick an.

„Das Feingefühl des Kommissars muss die Grösse einer Zwergenfliege haben" dachte der Gehilfe über die Art der Überbringung der tragischen Botschaft.

„Lora? Tot? Nein, das kann nicht sein."

„Leider doch. Sie wurde erstochen, mit einem Messer in der Brust, vor der Haustür gefunden."

„Da ist das Feingefühl ja wieder" ging es durch Tibos Kopf.

„Erstochen? Vor der Haustür? Aber wie...?"

Norwo verstummte. Seine Augen glitten vom Kommissar zur Tischplatte zwischen ihnen. Dann gab es eine Pause, bis Norwo schliesslich in Tränen ausbrach.

Tibo, der sich bisher im Hintergrund aufgehalten hatte, reichte ihm ein Taschentuch. Norwo wischte sich die Tränen ab, sein Gesichtsausdruck verriet jedoch, dass noch lange nicht alles in Ordnung war. Bis er den vollen Umfang des Gesagten verstehen würde, brauchte es einige Zeit. Er schaute wieder hoch.

„Norwo, Sie müssen verstehen, dass ich Ihnen einige Fragen stellen muss. Das ist das Standardverfahren der Polizei. Wo waren Sie zwischen 17 und 18 Uhr?"

„Ehm... Ich war zuerst im Büro und ging danach kurz frische Luft schnappen und etwas trinken, bevor ich wieder zurück flog, um weiterzuarbeiten."

Der befragte Elf schaute den Verhörenden ratlos an.

„Bitte entschuldigen Sie, aber ich muss das fragen. Wie bereits gesagt, das ist unser Standardverfahren. Mit wem waren sie etwas trinken?"

„Alleine. Wieso? Verdächtigen sie etwa mich?"

„Wie gesagt, das ist unser Standardverfahren. Der Liebespartner ist immer der Hauptverdächtige bei einem Mordfall."

„Hauptverdächtiger?"

„Ja, Hauptverdächtiger. Das heisst, so leid es mir tut, Sie müssen bis auf weiteres hier bei uns auf der Station bleiben."

„Was? Aber ich war es nicht. Ich habe nichts getan. Ich liebe meine Frau."

Der Witwer brachte kein Wort mehr heraus. Starr sass er am Tisch und konnte nicht glauben, was gerade geschah.

Der Kommissar und sein Gehilfe verliessen das Zimmer. Nachdem Tibo erwartungsvoll neben dem schweigenden Kommissar herlief, konnte er nicht anders, als diesen schliesslich um seinen ersten Eindruck zu fragen. Resso hatte schon einige Dienstjahre auf seinem Buckel und war für seinen Scharfsinn bekannt.

„Und?"

„Was und?"

„Ich meine, was denkst du? War er es?"

„Vielleicht, gleichwohl denke ich eher nicht."

„Eher nicht?"

„Nein."

„Und willst du mir auch verraten, wieso nicht? Wegen den Tränen?"

„Nein, nicht wegen den Tränen. Norwo schien zwar sichtlich überrumpelt und traurig, aber das sind nicht die Hauptargumente. Die Tränen könnten ebenso gut gespielt sein. Argument Nummer eins: Norwo ist Beamter. Beamte sind meistens sehr loyale, liebenswürdige und friedliche Elfen. Diese Eigenschaften würde ich auch Norwo zuschreiben. Ein Mörder jedoch hat andere Wesenszüge."

„Weil es nicht passt? Das ist alles? Immerhin ist ... ähm ... ich mein war er verheiratet mit der Toten und hat vielleicht einen Groll gegen sie gehegt. Ich meine, die vielen Jahre der Ehe können einen verändern. Soll schon vorgekommen sein."

„Das stimmt, Tibo. Mein Hauptargument hingegen ist folgendes: In meinen 23 Dienstjahren habe ich noch nie einen Mörder gesehen, der nach dem Mord wieder an die Arbeit ging und ruhig weiterarbeitete, als wäre nicht passiert. Und genau so war es, als wir ihn abgeholt haben."

„Das leuchtet mir mehr ein."

„Hast du nicht noch von einem Unfall erzählt?"

„Doch. Die Ermordete war am Nachmittag mit einem Krufax zusammengestossen", und für sich dachte er weiter:

„Auch, wenn er nicht der Redseligste ist,

239

immerhin kann er zuhören."

„Weisst du, wo dieser Krufax wohnt?"

„Ja, weiss ich."

„Gut, dann gehen wir als nächstes dorthin."

Der Krufax

Der Krufax war Zuhause. Er wohnte nur einige Flugminuten von der Polizeistation entfernt. Resso eilte wie zuvor voraus und sein Gehilfe flog wie üblich hinter ihm her. Der Krufax hauste in einer Baumwohnung etwa zwei Meter über dem Boden.

In dieser Fantasiewelt mass man nicht die Stockwerke, sondern die Meter über Boden. Nicht jeder Baum war gleich gut bewohnbar. Demzufolge hätte die Bezeichnung dritter Stock oder vierter Stock fast keine Aussagekraft, denn beim einen Baum war der dritte Stock höher als beim Anderen. Wichtig war lediglich, in welcher Höhe man anfliegen musste. Der Kommissar und sein Gehilfe klingelten. Mit dem Wort „Ja?" öffnete der Krufax grimmig die Tür.

„Wir sind von der städtischen Polizei. Was können Sie uns über die Elfe Lora sagen?"

„Wer?"

„Sie hatten heute Vormittag einen Unfall?"

„Ja. Irgend so eine Elfe ist ohne zu Blinken abgebogen. Ich war auf der Flugspur neben ihr und konnte nicht mehr rechtzeitig bremsen. Leider habe ich sie gestreift, doch glücklicherweise ist ihr nichts passiert. Mein F-Car hat aber Schaden an der vorderen linken Seite genommen. Was dachte sich die dumme Elfe bloss dabei, ohne zu Blinken abzubiegen? Eigentlich sollte man ihr den Flugschein entziehen. Dummes Gör."

„Oha, es gibt Leute, die ähnlich viel Feingefühl wie der Kommissar haben", grinste Tibo vor sich hin.

„Die Elfe, die den Verkehrsunfall verursacht hat, hiess Lora", erklärte der Kommissar.

Der Krufax trat aus dem Eingang heraus und ging zu seinem F-Car.

„Seht ihr? Genau hier ist die kleine Elfe in mich hineingeflogen. Gibt es Versicherungsprobleme?"

„Das wissen wir nicht. Wir sind nicht wegen Versicherungsfragen hier", antwortete Tibo.

Der Krufax schaute den Kommissar mit herausforderndem Blick an.

„Ach ja? Wieso dann?"

„Die Elfe wurde heute am frühen Abend tot

aufgefunden."

Der Blick des Krufax wandelte sich postwendend in Überraschung.

„Mehr können wir zum jetzigen Zeitpunkt leider noch nicht sagen. Vielen Dank für Ihre Auskunft."

Damit beendete der Kommissar abrupt das Gespräch. Beide Polizisten entfernten sich vom Haus und der Krufax verschwand in seiner Wohnung. Ohne ein Wort zu sagen, liefen Resso und Tibo zu ihren F-Cars. Es bedurfte keiner Worte. Beide wussten, dass der Krufax mit grosser Sicherheit nicht der Täter war. Er hatte nicht einmal den Namen von Lora gekannt und vorhin diesen überraschten Gesichtsausdruck zu spielen, schien den beiden unwahrscheinlich. Kurz bevor sie einstiegen, fragte Tibo:

„Wohin?"

„Bis jetzt haben wir noch keine relevanten Anhaltspunkte. Der Ehemann beteuert seine Unschuld und den Krufax schliesse ich aus. Wenn man nicht mehr weiter weiss, macht es Sinn, zurück zum Anfang zu gehen."

„Zum Tatort?"

„Ja, zum Tatort."

Deshalb arbeitete Tibo gerne mit Resso zusammen. Selbst wenn es keine Hinweise oder

Indizien gab, konnte der Kommissar immer einen logischen nächsten Schritt ableiten.

Der Rethewar

Das Gelände um die Wohnung war weiträumig mit einem Absperrband abgeriegelt. Der Kommissar und sein Gehilfe duckten sich unter dem Band hindurch und schritten zum Hauseingang. Vor dem Haus an dem Ort, wo Lora tot aufgefunden wurde, blieben sie stehen. Im Gegensatz zu vielen Filmen war jedoch kein Umriss einer Leiche mit weisser Kreide angezeichnet. Einzig die Erinnerungen der beiden sagten ihnen, dass hier ein brutaler Mord vorgefallen war.

„Hier lag Lora mit dem Körper weg vom Eingang und dem Messer in der Brust.", legte Tibo sachlich dar, doch sein Blick war fragend auf Resso gerichtet.

„Genau. Die Beine waren beim Eingang und der Kopf weg vom Eingang. Weisst du, was das heisst?"

„Dass sie tot ist?"

„Natürlich ist sie tot, sonst hätten wir ja keinen Fall. Nein, ich meine, das Messer wurde in die Brust gerammt und die Elfe fiel nach hinten. Sie fiel so nahe beim Eingang des Hauses rücklings auf den Boden, dass der Täter vom Eingang aus zugestochen haben musste, beziehungsweise mit grösster Wahrscheinlichkeit in der Wohnung gewesen war."

„Stimmt. Das macht Sinn. Auf diese Weise habe ich mir das noch nicht überlegt."

„Und weisst du, was das weiter bedeutet?"

„Dass der Täter in der Wohnung war und auf sie gewartet hat?"

„Ja genau. Der Täter hatte den Mord vermutlich geplant gehabt. Es kann kein zufälliger Mord gewesen sein. Er war in der Wohnung gewesen und hat darauf gewartet, dass die Elfe nichts ahnend nachhause kam, bis er zustechen konnte. Wir müssen in die Wohnung."

Der Kommissar öffnete vorsichtig die mittlerweile geschlossene Eingangstür und trat hinein. Sein Gehilfe tat es ihm gleich, liess aber die Tür hinter sich offen. Jede zusätzliche Bewegung, jeder Gegenstand, den er berührte, könnte den Tatort verfälschen. Das hatte er auf der Polizeischule gelernt. Aus diesem Grund schauten sich die beiden auch bloss um, ohne die Schränke zu öffnen, die Möbel zu verschieben oder sonstige Gegenstände in die Hände zu nehmen. Dennoch untersuchten sie die Wohnung mit ihrem geschulten, präzisen Blick bis in jede Ecke.

Zuerst nahmen sie sich das Schlafzimmer vor. Das Bett war vor dem Verlassen des Hauses ordentlich gemacht worden und alle anderen Einrichtungsgegenstände schienen an ihrem Platz zu sein. Die Küche schien fast unberührt. Der Hausgang und das übrige Zimmer schienen gleichermassen unversehrt und das Badezimmer war ebenfalls sauber geputzt.

Lora war dem Anschein nach eine ordnungsliebende Elfe gewesen, die gerne einen sauberen Haushalt gehabt hatte. Von Anzeichen, die auf eine kriminelle Handlung hindeuteten, fehlten jede Spur. Resso und Tibo standen vor dem Eingang. Beide waren nicht klüger als zum Zeitpunkt, als sie die Wohnung betreten hatten. Resso sprach leise vor sich hin. Es war mehr ein Zu-sich-selbst-Flüstern als der Beginn einer Konversation. Dennoch ging Tibo auf ihn ein.

„Irgendetwas müssen wir übersehen haben. Es gibt immer Spuren.", flüsterte der Kommissar.

„Da ist nichts, Resso. Wir haben alles abge-

245

sucht und nirgendwo etwas gefunden."

„Das weiss ich leider selbst."

„Dann lass uns zurück zur Polizeistation gehen."

„Genau das ist es, Tibo!", schrie Resso nach einer kurzen Pause plötzlich laut heraus.

„Was ist was?"

„Nichts! Da ist nichts!"

„Das habe ich doch gerade gesagt."

„Eben."

„Eben?"

„Eben. Wenn der Ehemann unschuldig ist und die Tat vom Inneren des Hauses begangen wurde, dann müssten Einbruchspuren an den Fenster oder Türen zu sehen sein. Aber da sind keine. Das heisst, Lora oder Norwo mussten den Täter ins Haus gelassen haben. Sie mussten ihn folglich gekannt haben. Der Täter ist mit grosser Wahrscheinlichkeit jemand, den wir noch nicht kennen gelernt haben, auch wenn der Ehemann noch nicht ganz auszuschliessen ist."

Der Kommissar und sein Gehilfe traten aus der Wohnung. Für den Bruchteil einer Sekunde glaubte Resso, beim Nachbarhaus eine Gestalt am Fenster gesehen zu haben. Er war sich jedoch nicht sicher. Da erinnerte er sich. Er hatte schon einmal das Gefühl gehabt, jemanden bei exakt demselben Fenster zu sehen. Einmal kann Zufall sein, zweimal war unwahrscheinlich. Mit schnellen Schritten lief er auf das Nachbarhaus zu. Mit kräftigen Schlägen klopfte er gegen die hölzerne Tür.

Tibo zog die Türe von der Mordwohnung vorsichtig hinter sich zu. Er drehte sich um und anstelle des Kommissars neben sich, fand er sich alleine vor. Tibo schaute sich um. Er sah den Kommissar beim Haus nebenan vor der Haustüre stehen, als diese sich öffnete.

„Ja, ich komme sehr gerne mit. Schön, dass du gefragt hast. Geh ruhig schon mal voraus", grummelte der Gehilfe vor sich hin und lief los.

Resso und der Rethewar standen sich gegenüber. Zwischen ihnen war die geöffnete Tür. Beide begutachteten sich einen kurzen Moment lang. Dann begann der Kommissar zu sprechen, bevor die Stille peinlich wurde.

„Ich bin Kommissar Resso von der Stadtpolizei und möchte Ihnen gerne einige Fragen stellen."

Der Rethewar grunzte. Resso war sich nicht sicher, ob das eine Einwilligung war, dass er seine Fragen stellen durfte oder nicht, doch er hätte sie allemal gestellt.

„Wie heissen Sie?"

„Zolo."

„Sie kannten die Elfe von nebenan?"

„Lora? Ja."

„Dann wissen Sie, dass Lora ermordet wurde?"

„Ja, das habe ich mitbekommen."

„Kannten Sie Lora gut?"

„Nicht wirklich. Ich meine, wir waren Nachbarn, mehr nicht. Wir sahen uns ab und zu, wenn wir nachhause kamen oder weggingen. Befreundet waren wir nicht."

„Was können Sie uns über Lora sagen?"

„Hmm... Die Elfe war verheiratet. Der Ehemann ist jedoch sehr selten zu sehen, arbeitet viel. Gäste hatten sie so gut wie nie zu Besuch. Sie hörte gerne Musik und schien ziemlich sportlich zu sein."

„Haben Sie die Elfe gestern oder heute gesehen?"

„Ja, heute Morgen. Sie ging zur Arbeit. Das musste kurz vor zehn Uhr gewesen sein. Sie verliess das Haus wie üblich mit ElfPod und Tasche."

„Nichts Ungewöhnliches?"

„Nein, mir wäre nichts aufgefallen."

Tibo war bei ihnen angelangt, als die Konversation gerade zu einem Ende kam. Er konnte gerade noch einen Blick auf den hässlichen Nachbarn werfen.

„Hätte der Autor sich keine schöneren Wesen ausdenken können?", schoss es durch Tibos Kopf.

Der Kommissar verabschiedete sich und zusammen mit seinem Gehilfen lief er zum F-Car. Tibo wollte natürlich wissen, was der Kommissar in Erfahrung gebracht hatte.

„Konntest du etwas herausfinden?"

„Ich bin mir nicht sicher."

„Nicht sicher? Inwiefern?"

„Einerseits sagte der Rethewar, dass er die Elfe nicht gut kannte, andererseits konnte er sie wiederum ziemlich gut beschreiben."

„Was bedeutet das für uns?"

„Wir können ihn zwar noch nicht ausschliessen, doch für einen Mordverdacht braucht es mehr. Seine Antworten waren weder aussergewöhnlich, noch widersprüchlich. Wir müssen erneut zum Ehemann."

Inzwischen war es bereits dunkel geworden. Resso und Tibo, bei der Polizeistation angekommen, liefen direkt zu der Zelle, in der Norwo vorübergehend festgehalten wurde. Auch wenn die beiden es sich nicht anmerken lassen wollten, sah man ihnen an, dass sie müde waren. Norwo hingegen schien nicht nur müde, sondern gleichermassen verzweifelt und verloren. Sein Blick war leer. Langsam schien er zu begreifen, was eigentlich vorgefallen war. Der Kommissar begann das Gespräch.

„Es tut mir leid, aber wir haben nochmals einige Fragen, die wir Ihnen stellen müssen, Norwo."

„Und da ist der Elefant im Porzellanladen schon wieder", dachte Tibo. Kein „Wie geht es Ihnen?" oder „Wie fühlen Sie sich?".

Der frisch gewordene Witwer bewegte sich nicht. Ohne auf eine Antwort zu warten, sprach Resso weiter.

„Kennen Sie den Nachbarn, den Rethewar?"

„Zolo?"

„Ja, das ist sein Name. Kennen Sie ihn gut?"

„Nicht wirklich. Ich habe in letzter Zeit viel gearbeitet und war selten Zuhause. Manchmal sahen wir uns, wenn ich aus dem Haus ging oder nachhause kam. Das ist alles."

„Und Ihre Frau? Kannte sie ihn besser?"

„Das kann ich mir nicht vorstellen. Sie war mehr Zuhause als ich und hat ihn vielleicht einige Male mehr gesehen, doch ich weiss, dass sie ihn nicht wirklich sympathisch fand. Und damit meine ich, dass er ihr unheimlich war."

„Hätte er ein Motiv, ihr etwas anzutun?"

„Das glaube ich nicht. Nicht, dass ich jedenfalls wüsste. Nur, weil er ihr nicht sehr sympathisch war, hätte ich nie mitgekriegt, dass es Streit oder andere Feindseligkeiten zwischen ihnen gab."

„Ich frage, weil Zolo heute Morgen Ihre Frau noch gesehen hatte, als sie mit ihrer Tasche und dem ElfPod gegen zehn Uhr die Wohnung verliess."

Nun hob Norwo irritiert den Kopf. Irgendetwas von dem Gesagten musste ihn erstaunt haben.

„Das kann nicht sein."

„Wieso nicht?"

Jetzt war es Tibo, der antwortete. Ihn hatte die Neugier gepackt.

„Meine Frau und ich gingen um etwa halb acht gemeinsam aus dem Haus. Sie hatte ihre Sportklamotten dabei, da sie vor der Arbeit ins Fitnesscenter ging. Anschliessend wollte sie direkt zur Arbeit gehen."

„Hätte Ihre Frau einen Grund gehabt, nach dem Sport nachhause zu kommen?"

„Vielleicht hat sie etwas vergessen, doch eigentlich brauchte sie nichts zum Arbeiten, keine spezielle Bekleidung oder bestimmten Utensilien. Deshalb bin ich etwas überrascht. Das verstehe ich nicht."

„Seltsam...", sagte Resso und dachte, „...endlich ein Puzzleteil, das nicht passt."

Der Kommissar und sein Gehilfe verabschiedeten sich von Norwo. Es war spät geworden und sie wussten, dass sie für einen klaren Kopf guten Schlaf brauchten. Und den klaren Kopf würden sie benötigen, denn morgen früh mussten sie weiterermitteln.

Resso war sich bewusst, dass sein Schlaf nicht entspannt sein würde. Während Tibo ruhig und unbesorgt schlief und von einem Lottogewinn und einem Leben in Luxus träumte, war der Kommissar hellwach und drehte sich in seinem Bett von der linken Seite auf die Rechte und mit einem Zwischenstopp auf dem Rücken wieder zurück.

Resso mochte es nicht, wenn etwas nicht aufging. Und der Fall ging momentan ganz und gar nicht auf. Irgendetwas passte nicht zusammen. Entweder verschwieg der Ehemann etwas, was Resso aber nach wie vor nicht glaubte, oder der Rethewar log bei der Aussage, die Elfe am frühen Morgen gesehen zu haben. Was hingegen wäre das Motiv des Rethewars gewesen? Dann gab es noch Möglichkeit Nummer drei: Lora war wirklich wieder in die Wohnung zurückgekehrt. Doch was war der Grund dafür gewesen?

Irgendwann half Resso seinem Vorhaben zu schlafen nach und spülte seine kreisenden Gedanken mit einer Flasche Flux herunter, bis sie so verschwommen waren, dass die Müdigkeit ihn einnehmen konnte und er einschlief. Trotz des Flux schlief er unruhig, aber auf diese Weise bekam er wenigstens etwas Ruhe und überstand er die Nacht.

Der Barthlox

Als Tibo am frühen Morgen in die Zentrale kam, sass Resso bereits an seinem Schreibtisch. Vor Resso war wie üblich ein extragrosser, schwarzer Becher Kaffee. Das hatte der Gehilfe nicht anders erwartet. Er hingegen konnte Kaffee nicht ausstehen. Der Kaffee hatte keinen Dampf mehr. Das hiess, der Kommissar war schon eine Weile da.

„Schlechte Nacht gehabt?"

„Kann man so sagen."

„Keine neuen Erkenntnisse?"

„Nein, momentan komme ich nicht voran."

„Wie gehen wir denn jetzt vor?"

„Wir brauchen mehr Informationen. Selbst wenn der Ehemann und der Rethewar Verdächtige waren, ist ebenfalls ein noch unbekannter Täter nicht auszuschliessen. Der Schlüssel zu allem ist die Elfe. Wo es eine Unstimmigkeit gibt, werden mehr auftauchen. Wir müssen nur die fehlenden Puzzleteile finden und das Puzzle zusammensetzen."

„Hört sich gut an. Wie kommen wir denn zu mehr Infos?"

„Wir müssen erneut zum Ehemann. Er kennt Lora am besten."

Der Kommissar stand auf. Mit einem grossen Schluck kippte er den gesamten Kaffee herunter. Das gehörte wohl zu den besonderen Fähigkeiten eines Kommissars, dachte Tibo und musste schmunzeln. Resso sah ihn fragend an, schüttelte kaum sichtbar den Kopf und lief in Richtung von Norwos Zelle los. Tibo folgte ihm, jedoch erst nachdem er selbst einen Becher Kaffee gemacht hatte.

Die beiden öffneten die Zelltüre und traten ein. Norwo sass zusammengekauert in einer Ecke. Es machte den Eindruck, als hätte er die ganze Nacht kein Auge zugetan, was vermutlich auch der Fall war.

„Guten Morgen Norwo", eröffnete Resso das Gespräch.

„Kaffee?", meldete sich Tibo zu Wort.

Er versuchte den sichtlich mitgenommenen Witwer auf seine Weise aufzubauen. Norwo machte keinen Wank.

„Wir benötigen mehr Informationen über Ihre Frau."

Jetzt schaute Norwo auf. Tibo reichte ihm den Kaffeebecher entgegen und der Verdächtige griff danach. Mit vorsichtigen Bewegungen nahm er einen Schluck.

„Was wollt ihr wissen?"

„Das möchte ich auch wissen", stimmte ihm Tibo lautlos zu.

„Hat ihre Frau Feinde gehabt? Gibt es Leute in ihrem Umfeld, die ihr hatten Schaden wollen?"

„Hmm...", machte der Ehemann, bis er einen kurzen Moment später sagte, „ ...also nicht so stark verfeindet, um sie gleich umbringen zu wollen, doch mir fallen zwei Personen ein, die ihr vielleicht Schaden zufügen wollten."

„Wer sind das und wie standen sie zu Lora?"

„Der eine heisst Willu und ist ein Barthlox.

255

Er ist mit Lora zur Schule gegangen. Sie waren befreundet gewesen, bis er sich in sie verliebt hatte. Danach musste Lora die Freundschaft beenden. Willu ist nie darüber hinweg gekommen."

„Lora und er hatten noch Kontakt?"

„Nein, nicht wirklich. Er arbeitet in einem Supermarkt in der Nähe, weshalb sie sich ab und zu per Zufall sahen. Ich weiss, dass sie sich dort gestern gesehen hatten."

„Vielen Dank. Der Spur werden wir nachgehen. Wer ist die zweite Person?"

„Chera, ihre Arbeitskollegin. Lora wurde befördert, dabei hatte Chera seit langer Zeit darauf hingearbeitet. Aus diesem Grund war sie Lora gegenüber sehr missgünstig. Lora hat mir das mehrmals erzählt. So auch gestern am Telefon."

„Danke. Diese Spur werden wir ebenfalls überprüfen."

Resso streckte den Arm in Tibos Richtung aus und sagte lediglich:

„Fotos."

Mit einem Griff in die Jackentasche reichte ihm der Gehilfe die Kamera. Der Kommissar schaltete die Kamera ein und drückte einige Knöpfe, bis er zufrieden schien. Er hielt Norwo den kleinen Bildschirm der Kamera unter die Nase.

„Kennst du das Messer?"

„Ja, das ist eines unserer Küchenmesser."

Somit war die Unterhaltung beendet. Der Kommissar und sein Gehilfe stürmten aus der Polizeizentrale zu ihren F-Cars, als Tibo besserwisserisch entgegnete:

„Du hast vergessen, seinen Kaffeebecher wieder mitzunehmen."

„Nein, habe ich nicht."

„Das ist aber Vorschrift. Kein Insasse darf irgendwelche zusätzlichen Gegenstände besitzen. Der Kaffeebecher ist ein zusätzlicher Gegenstand", belehrte er seinen Boss.

„Danke für die Nachhilfelektion. Ich bin mir dessen durchaus bewusst."

„Willst du damit sagen, du hast den Becher absichtlich zurückgelassen?"

„Der Ehemann hat mir leid getan. Zudem glaube ich nach wie vor, dass er unschuldig ist. Da gönne ich ihm wenigstens diese kleine Aufmunterung."

Der Gehilfe war überrascht. Offensichtlich besass der Kommissar doch noch einen Rest Mitgefühl in seinem Körper. Irgendwo in seinem Körper. In den Zehen oder so.

„Das Messer ist aus ihrem Haushalt. Weisst du, was das bedeutet?", fragte Resso.

„Ich glaube schon. Das ist der Beweis, dass der Täter in der Wohnung der Elfe gewesen war."

„Genau."

In wenigen Minuten waren sie beim Supermarkt gelandet. Sie betraten das Lebensmittelgeschäft. Der Barthlox fiel sofort auf.

„Sind Sie Willu?"

„Ja und wer seid ihr?", fragte der Barthlox zurück.

Mit einem Blick auf seine auffällige Polizeiuniform warf Tibo dem Kommissar einen vielsagenden Blick zu.

„Wir sind von der Stadtpolizei und haben einige Fragen an Sie", antwortete Resso sachlich, ohne auf Tibos Blick einzugehen.

„Wie kann ich helfen?"

Willu wurde sofort freundlicher.

„Sie kannten Lora die Elfe?"

„Ja, wir sind zusammen zur Schule gegangen."

„Hatten Sie noch Kontakt zu ihr?"

„Das würde ich nicht sagen, aber ab und zu kommt sie in den Supermarkt um einzukaufen. Durch diesen Umstand begegnen wir uns gelegentlich."

„Wann haben Sie sie zuletzt gesehen?"

„Das war gestern. Sie kam am Nachmittag in den Laden um Flux zu kaufen."

„Hatten sie miteinander gesprochen?"

„Sie war kurz angebunden. Ich habe ihr den Flux gezeigt und danach ging sie."

„Mehr haben Sie nicht gesprochen?"

„Nein, wir haben uns nicht mehr wirklich viel zu sagen."

„Nicht mehr?"

„Ähm... wie soll ich sagen ...", zögerte der Barthlox, „Wir sind miteinander zur Schule gegangen und lange Zeit waren wir sehr gut befreundet."

„Was ist dann passiert?", drängte der Kommissar.

„Ich habe mich in sie verliebt. Sie hat meine Liebe aber nicht erwidert, weshalb unsere Freundschaft zerbrach. Das ist mir jetzt ein wenig peinlich."

Er blickte verlegen zu Boden.

„Gut, vielen Dank. Das wars auch schon."

„Was bitte schön war daran gut?", beendete Tibo das Gespräch in seinem Kopf.

Er verstand nicht, wieso der Kommissar bereits zufrieden war. Sobald sie draussen waren, fragte er Resso:

„Sind wir jetzt schlauer? Haben wir unsere Antworten?"

„Ich schon."

„Du schon? Und was sind das für Antworten?"

„Der Barthlox ist höchst wahrscheinlich unschuldig."

„Aha. Und was führt dich zu dieser Schlussfolgerung?"

„Zwei Dinge. Erstens hat der Barthlox die Wahrheit über seine Vergangenheit erzählt und uns nichts verheimlicht. Zweitens ist das Liebesdrama schon viel zu lange her. Was wäre der Auslöser für seine Mordtat gewesen? Irgendetwas müsste sich verändert haben, damit in ihm solche düsteren Gedanken aufgekommen wären und das scheint mit dem jetzigen Informationsstand nicht der Fall zu sein. Nach wie vor müssen wir mehr über die Elfe in Erfahrung bringen."

Tibo war verblüfft. Man begegnete nicht alle Tage einem Wesen mit Ressos Scharfsinn. Dafür bewunderte er den Kommissar.

Die Arbeitskollegin

Als Nächstes gingen der Kommissar und sein Gehilfe zu Loras Arbeitsstelle. Sie wollten zu der von Norwo angesprochenen Arbeitskollegin. Sie klingelten und wurden von einer Elfe namens Miara empfangen. Das Büro machte mit all den bekannten Plakaten, Bildern und Leuchtreklamen an der Wand einen familiären Eindruck, doch das war für diese Branche wahrscheinlich üblich, dass man die eigenen Arbeiten ausstellte. Tibo zählte drei weibliche Elfen, die anwesend waren.

„Da ist der Zickenkrieg bereits vorprogrammiert", zogen seine Gedanken selbständig die Schlüsse.

Die beiden wiesen sich als Polizisten aus. Sie erklärten in wenigen Sätzen, was geschehen war, wieso sie da waren und nahmen die Personalien von Miara, Klyta und Chera auf. Anschliessend gingen sie mit Chera in einen abgetrennten Arbeitsbereich, um einen vertraulicheren Rahmen für die Befragung zu schaffen und damit die anderen Beiden nicht zuhören konnten. Wie üblich übernahm der Kommissar die Gesprächsleitung.

„Wie lange haben Sie mit Lora zusammengearbeitet?"

„Seit drei Jahren. Drei lange Jahre.", antwortete Chera mit düsterer Miene.

Sie machte sich keine Mühe ihren Missmut zu verstecken.

„Sie haben sich besser gekannt?"

„Wir sind ein kleines Team, das jeden Tag miteinander arbeiten muss. Da lernt man sich schon kennen, ob man will oder nicht."

„Also waren Sie miteinander befreundet?"

„Nein, befreundet waren wir nicht. Wir haben zusammen funktioniert, gezwungenermassen."

„Lora war Ihre Vorgesetzte, nicht?"

„Ja, das war sie. Vor zwei Monaten wurde sie zur Abteilungsleiterin befördert. Diese dumme Ziege."

„Mir kam zu Ohren, dass es Unstimmigkeiten zwischen Ihnen und Lora gab. Stimmt das?", fuhr Resso fort.

„Ich habe lange auf diese Beförderung hingearbeitet. Als dann Lora anstatt mir befördert wurde, hat mich das schon schwer getroffen. Sie hat die Beförderung nicht verdient. Sie hat nichts dafür getan und trotzdem wurde sie ausgewählt."

„Hat das ihre Beziehung zueinander verändert?"

„Natürlich. Für mich ist es sehr schwer, jeden Tag in das Büro zu kommen und die Person zu sehen, die mir mein berufliches Ziel weggenommen hat. Insbesondere, wenn es jemand wie Lora ist."

„Sie müssen verstehen, dass Sie das verdächtig macht. Wo waren Sie gestern zwischen sechs und sieben Uhr?"

„Ich war hier im Büro und habe gearbeitet. Klyta und ich mussten noch einen Auftrag fertigstellen."

„Das heisst, Klyta kann bezeugen, dass Sie hier waren?"

„Ja, natürlich."

Das war das Ende der Befragung. Klyta konnte tatsächlich bezeugen, dass sie und Chera gemeinsam bis um ungefähr sieben Uhr gearbeitet hatten und die ganze Zeit zusammen gewesen waren. Das entlastete Chera von jeglichen Verdächtigungen. Somit waren der Kommissar und sein Gehilfe wieder am Anfang. Nach wie vor hatten sie keine Hinweise auf den Täter oder die Täterin. Tibo wollte sich bereits verabschieden, als der Kommissar nochmals die Aufmerksamkeit der drei Elfen auf sich zog.

„Wir bedanken uns für die kooperative

Zusammenarbeit. Wir haben noch eine letzte Frage, bevor wir uns auf den Weg machen."

Der Kommissar hatte Tibos Neugierde einmal mehr geweckt. Tibo drehte sich um und schaute Resso erwartungsvoll an.

„Ist jemandem gestern irgendetwas Seltsames aufgefallen? Hat Lora sich vielleicht merkwürdig verhalten oder etwas eigenartiges gesagt? Alle Hinweise jeglicher Art, scheinen sie noch so belanglos, können von Nutzen sein."

Während Klyta und Chera nach einer kurzen Denkpause verneinten, zögerte Miara. Sie schien sich nicht sicher zu sein, ob sie etwas sagen wollte oder nicht.

„Ja?", kam ihr der Kommissar zuvor.

„Ich weiss nicht, ob es wichtig ist, aber ich habe Lora Rauchen sehen. Kurz bevor sie am Morgen ins Büro kam, hat sie draussen eine Zigarette fertig geraucht und weggeworfen. Ich konnte sie durch das Fenster beobachten. Ich war erstaunt, da ich nicht wusste, dass sie raucht."

Klyta sah sie verwundert an. Chera warf verwundert ein:

„Sie hat geraucht?"

„Alle Details können von Nutzen sein. Wo

war das?"

„Hier durch dieses Fenster habe ich Lora Rauchen sehen."

Tatsächlich fanden der Kommissar und sein Gehilfe einen Zigarettenstummel seitlich vor dem Eingang in den Pflanzen. Resso nahm den Zigarettenstummel an sich.

„Was sagt uns der Zigarettenstummel?", fragte Tibo unsicher.

„Ich bin mir nicht sicher, doch es könnte eine Spur sein. Wir müssen erneut zum Ehemann. Vielleicht kann er uns weiterhelfen", antwortete Resso und lief los.

Die Vyrie

Der Ehemann schien etwas gefasster als am frühen Morgen. Über den Zigarettenstummel war er allerdings genauso erstaunt wie die Arbeitskolleginnen, konnte aber Auskunft geben.

„Ja, das ist Loras Zigarettenmarke. Es könnte sein, dass sie die geraucht hat, auch wenn es mich überrascht."

„Wieso das?", kam Tibo dem Kommissar zuvor.

„Weil Lora eigentlich nicht mehr rauchte. Vor einigen Jahren hatte sie noch ein Päckchen pro Tag geraucht, doch dann hat sie aufgehört. Mir zuliebe. Es brauchte mehrere Anläufe und viele Nerven, bis sie endlich rauchfrei wurde. Leider hat sie nach einiger Zeit wieder angefangen in Stresssituationen oder sonstigen emotionalen Situationen zu rauchen. Das ist äusserst selten, aber das hat sie bis heute beibehalten."

„Sonst nicht?"

„Nein. Lora rauchte nie einfach so. Eigentlich hat sie das Rauchen gehasst. Es hat ihr aber geholfen, sich zu beruhigen."

„Das heisst, wenn Lora geraucht hat, was mit ziemlicher Sicherheit der Fall war, dann war sie in einer aufgewühlten Situation gewesen?"

„Ja. Deshalb verstehe ich die Situation nicht."

„Gibt es jemanden, der ihr nahe stand, der mehr darüber wissen könnte? Ein Freund oder eine Freundin, der sie etwas erzählt haben könnte?"

„Vielleicht ihre Freundin Roti. Sie und Roti haben sich gestern nach Loras Arbeit bei Roti Zuhause getroffen. Das machen sie immer wieder Mal. Sie treffen sich und quatschen.

Vielleicht hat Lora ihr etwas erzählt."

Während Tibo noch völlig im Dunkeln tappte, wurde das Bild von Lora in Ressos Kopf immer klarer. Die Lücken des Puzzles schlossen sich allmählich und eine Vermutung begann sich zu manifestieren. Hoffentlich hatte die Freundin von Lora nützliche Informationen, die zur Aufklärung beitragen konnten. Zudem war selbst Roti eine potentielle Verdächtige. Niemand war vom Verdacht auszuschliessen, bis seine Unschuld bewiesen war.

Vyrien waren sehr gesellige, aber ebenso zarte Wesen. Sobald die Vyrie die Haustüre öffnete, war dem Kommissar sowie seinem Gehilfen klar, dass sie nicht die Täterin sein konnte, denn Roti war die wohl zerbrechlichste Vyrie, die die beiden je gesehen hatten. Bei dem Gedanken, dass Roti jemanden erstochen haben könnte, musste Tibo lachen. Wahrscheinlich hätte sie sich mit ihrem fragilen Körperbau mehr geschadet als dem Opfer. So viel zu Ressos Gedanken, dass alle Personen potentielle Verdächtige waren.

Der Kommissar erklärte mit knappen Worten, was passiert war. Die Vyrie war schockiert, aber dennoch in der Lage Auskunft zu geben.

„Ihre Freundin Lora wurde gestern tot aufgefunden. Ermordet. Die Polizei ermittelt nun in dem Fall. Wir möchten Ihnen deswegen gerne einige Fragen stellen."

„Wow! Diese Botschaft musste sich wie ein Schlag ins Gesicht anfühlen. Resso steht wohl auf ein schnelles Knockout."

Tibos Gedanken zu der Sensibilität seines Vorgesetzten waren aufs Neue bestätigt worden.

Die Vyrie schluchzte und brach in Tränen aus. Es dauerte eine Weile, bis Roti sich gefasst hatte und der Kommissar seine Fragen stellen konnte.

„Sie haben Lora gestern Nachmittag getroffen?"

„Sie kam zu mir zu Besuch, ja."

„Was haben sie zusammen gemacht?"

„Wir haben Flux getrunken und geredet, wie wir das meistens machen."

„Über was haben sie gesprochen?"

„Lora hat mir von ihrem Tag erzählt. Nichts besonderes."

„Was hat sie denn gemacht gestern?"

„Sie ist am Morgen aufgestanden und ging ins Fitnessstudio. Danach war sie arbeiten, doch Chera benahm sich ihr gegenüber feindselig, wie immer in letzter Zeit. Nach der Arbeit hat sie mich angerufen und wir haben das Treffen vereinbart. Auf dem Weg zu mir besorgte sie den Flux. Im Supermarkt hat sie Willu angetroffen. Willu war ihr gegenüber gewohnt komisch. Lora ging sein Verhalten auf die Nerven, weshalb sie so schnell wie möglich zu mir kam. Auf dem Weg baute sie mit einem F-Car einen Unfall. Sie erzählte, dass es ihre Schuld war und, dass es ihr sehr leid tat. Das war alles."

„Was hat Lora über das Fitnesscenter gesagt?"

„Nicht viel. Lora mochte es, am frühen Morgen zu gehen, da dann noch nicht viele Leute dort waren. Sie ging mit Kiera, ihrer Kollegin, in den Spinningkurs. Lora ging öfters in den Spinningkurs. Irgendwie mochte sie diese Art von Bewegung viel mehr, als Gewichte zu stemmen oder so. Sie mochte Ausdauersportarten."

„Können Sie uns die Adresse des Fitnesscenters geben?"

„Ja klar. Das ist: Baumwurzelstrasse 37, einenhalb Meter über Bodenhöhe."

Der Kommissar und sein Gehilfe waren vorerst zufrieden. Erstens war Roti als Täterin auszuschliessen und zweitens hatten sie die Informationen, die sie brauchten, um weiter zu ermitteln. Sie machten sich auf den Weg zum Fitnesscenter.

Die Daeny

Im Fitnessstudio fragten der Kommissar und sein Gehilfe an der Rezeption nach Kiera. Der Rezeptionist kannte sie und wie es der Zufall wollte, war Kiera sogar im Raum nebenan auf dem Laufband. Der Rezeptionist zeigte auf sie und die beiden Polizisten liefen zu ihr.

„Sind Sie Kiera?"

„Ja, das bin ich. Wer will das wissen?"

Kiera drehte sich um und stieg vom Laufband. Resso und Tibo waren sichtlich überrascht. Kiera war eine Daeny. Daenys waren den Elfen im Gesicht und von der Statur her ähnlich, aber sie waren vom Hals ab behaart und anstatt Füsse und Hände hatten sie Hufe.

Ursprünglich waren die Daenys Vierbeiner gewesen, doch die Evolution lehrte sie, aufrecht zu gehen. Für den Kommissar und seinen Gehilfen bedeutete das, dass Kiera nicht die Mörderin sein konnte. Daenys konnten aufgrund der Hufe keine gewöhnlichen Messer halten. Ihre Alltagsgegenstände und Werkzeuge waren speziell für sie angefertigt. Dennoch hatte Resso einige Fragen an Kiera.

„Guten Tag. Wir sind von der Polizei. Sie waren gestern ebenfalls hier im Fitnesscenter?"

„Ja, das war ich."

„Waren Sie alleine?"

„Nein. Ich war mit Lora, einer Kollegin, hier. Wir haben am Vormittag den Spinningkurs besucht."

„Von wann bis wann war das?"

„Das war von acht bis neun Uhr in der Früh."

„Wer war noch da?"

„Im Kurs? Nur wir beide."

Der Verdacht des Kommissars wurde soeben massiv verstärkt.

„Was habt ihr anschliessend gemacht?"

„Wir? Nichts. Ich ging an die Gewichte und Lora in die Garderobe. Nach dem Kurs war sie fertig mit dem Training."

„Wissen Sie, wohin Lora anschliessend ging?"

„Nein. Wir sahen uns zwar öfters im Spinningkurs von Waluf, aber nie ausserhalb des Fitnesscenters. Unsere Freundschaft beschränkte sich auf das Training."

„Vielen Dank. Das war alles."

Resso lief von der Daeny weg, die verdutzt zurückblieb. Tibo, der ebenfalls nicht schlau aus dem Verhalten des Kommissars wurde, eilte ihm wie üblich hinterher. Nach wenigen Schritten hatte er Resso eingeholt und hielt ihn an. Er forderte einige Erklärungen von ihm.

„Was hast du vor?"

„Ich gehe zur Rezeption."

Jetzt kam Tibo sich ein wenig dumm vor, denn er verstand die Absicht von Resso immer noch nicht.

„Und wieso?"

„Das wirst du gleich sehen. Was ist die Mordursache Nummer eins?"

Der Kommissar liess Tibo nicht antworten. Stattdessen marschierte er erneut in Richtung Rezeption los, nur diesmal schneller.

„Wie vorhin bereits erwähnt, bin ich von der Stadtpolizei und bräuchte noch einige Auskünfte."

„Wie kann ich Ihnen helfen?", antwortete der Rezeptionist freundlich.

„Kennen Sie eine Elfe namens Lora?"

„Ja, die kenne ich. Sie trainiert hier seit längerem, sicherlich seit einem Jahr."

„Wann war sie das letzte Mal hier?"

„Da muss ich schnell im System nachschauen."

Der Rezeptionist tippte einige Tasten auf dem Computer und wandte sich wieder dem Kommissar zu.

„Das war gestern."

„Von wann bis wann?"

„Von ungefähr acht bis neun Uhr", antwortete er nach einem Blick auf seinen Bildschirm. Anschliessend fügte er an:

„Sie hatte den Spinningkurs von Waluf besucht. Das tut sie öfters, wie ich dem System entnehme."

Langsam begriff Tibo, worauf der Kommissar hinauswollte. Resso erstaunte ihn immer wieder.

„Wissen Sie, wo dieser Waluf wohnt?"

Der Rezeptionist drückte auf einige Tasten:

„Waluf wohnt in der Eichenstrasse 9, auf Bodenhöhe."

Die Polizisten liefen aus dem Fitnesscenter, Resso wie gewohnt voraus und Tibo hinterher.

Der Täter

Der Kommissar klopfte und Waluf öffnete die Tür. Diesmal überraschte Resso seinen Gehilfen mit einem geschickten Schachzug. Was Tibo erstaunte, war nicht der Verdacht seines Vorgesetzten, den er mittlerweile teilte, sondern die für den Kommissar unübliche Vorgehensweise. Resso spielte seinen Verdacht nämlich als Bluff aus.

„Guten Tag. Sind Sie Waluf?"

„Ja, wieso?"

„Wir sind von der Stadtpolizei. Sie werden verdächtigt, die Elfe Lora ermordet zu haben. Aus diesem Grund bitten wir Sie, uns zur Polizeistation zu begleiten."

Tibo erkannte sofort, dass das eine sehr kluge Taktik von Resso gewesen war. Nicht nur der Bluff an sich, sondern ebenfalls die Wortwahl. In diesen wenigen Sätzen hatte Resso gleich zweimal das Wort Polizei verwendet. Das wirkte natürlich für einen Kriminellen einschüchternd. Und tatsächlich verfehlten die Worte ihre Wirkung nicht.

Waluf schaute kurz hektisch um sich, bevor er den Kommissar zur Seite stiess und an Tibo vorbeirannte. Resso wurde von dem Manöver komplett überrumpelt und torkelte nach hinten, bis er schliesslich unsanft zu Boden fiel. Tibo wiederum, der einen kurzen Moment länger Zeit gehabt hatte, sah die versuchte Flucht voraus.

Waluf machte einige grosse Schritte an Tibo vorbei, der aber instinktiv reagierte. Tibos Gedanken waren schnell und die Beine noch schneller. Er realisierte sofort, dass er Waluf nicht entkommen lassen durfte. Tibo drehte sich blitzartig um und eilte mit noch grösseren Schritten hinterher. Das reichte, um mit einem Hechtsprung auf den Fliehenden zu springen. Er erwische Waluf am Arm, sodass dieser herumgerissen wurde und beide gemeinsam zu Boden stürzten.

Als Waluf sich von dem Sturz erholt hatte, war Resso wieder auf den Beinen und bei ihm. Mit einigen gekonnten Bewegungen hatte er ihm Handschellen angelegt. Nun hatte Waluf keine Chancen mehr zu entkommen. Sein Spiel war aus. Der Kommissar und sein Gehilfe stellten ihn zur Rede und er gestand alles.

Lora und Waluf hatten seit knapp drei Monaten eine Affäre. Sie liebte ihren Ehemann Norwo, aber durch seine ständige Abwesenheit aufgrund der Arbeit langweilte sie sich oftmals.

275

Lora fühlte sich deswegen häufig einsam und vernachlässigt.

Im Spinningkurs kamen sie und Waluf miteinander ins Gespräch. Aus dem Gespräch wurde schnell einmal ein Flirt und eins führte zum anderen. Während Waluf sich Hals über Kopf in die Elfe verliebte, kam in Lora das schlechte Gewissen auf. Er hatte echte Liebesgefühle und sie entwickelte eine Abneigung, fast schon einen Ekel gegenüber der intimen Affäre.

Gestern, am Morgen des Mordes, gingen beide wie üblich nach dem Spinningkurs zu Lora, doch diese hielt ihre verurteilenden Gefühle nach dem Geschlechtsverkehr nicht mehr aus. Nach dem intimen Akt trennte sie sich von Waluf, der das Ende ihrer Affäre nicht hatte kommen sehen. Im Gegenteil, er hatte erwartet, dass sie sich von Norwo trennte und mit ihm eine gemeinsame Zukunft aufbaute.

Waluf hatte Loras angedeutete Zweifel nie richtig ernst genommen. Aus diesem Grund war der Schock unbeschreiblich gross gewesen. Der Schmerz, der in ihm aufgekommen war, war unerträglich gewesen. Eine Verzweiflung hatte sich in ihm breitgemacht und er hatte nicht gewusst, wie er damit umgehen sollte.

Wie üblich wollten sie die Wohnung

getrennt verlassen. Niemand sollte ihn sehen und Verdacht schöpfen, besonders nicht der neugierige Nachbar Zolo. Da Lora zur Arbeit musste, war sie zuerst aus dem Baumhaus gegangen. Waluf, der komplett zerschmettert zurückgeblieben war, wollte jedoch nicht gehen. Er wusste, dass wenn er jetzt gehen würde, das Liebesaus endgültig war. Er war in der Wohnung zurückgeblieben und seine Liebesgefühle für Lora hatten sich im Verlauf des Tages in Hass umgewandelt.

Als Lora am frühen Abend nachhause gekommen war, hatte er ihre Schritte gehört. In seiner Verzweiflung hatte er, ohne nachzudenken, zum Messer gegriffen und als die Türe aufgegangen war, zugestochen. Der Mord war keineswegs wie angenommen geplant gewesen. Wie in den meisten Liebesdelikten bereute auch Waluf die Tat.

Der Kommissar und sein Gehilfe führten Waluf ab auf die Polizeistation. Dort kam er vorübergehend in eine provisorische Zelle, bis das Urteil über sein Verbrechen gesprochen wurde. Norwo wiederum wurde von allen Verdachtspunkten befreit und sofort freigelassen. Der Witwer war zwar erleichtert wieder frei zu sein, doch die Trauer war verständlicherweise nach wie vor stark. Wohin er gehen wollte, war noch unklar. Auf keinen Fall wollte er aber zurück in die Wohnung, wo viele der gemeinsamen Erinnerung stattgefunden hatten, wo seine verstorbene Frau ihn betrogen hatte und wo sie ermordet worden war. Er lief trotz alledem weg von der Polizeistation, weg ins Ungewisse.

Abspann

Resso und Tibo blieben auf der Polizeistation zurück. An ihren Schreibtischen warteten eine Menge Formulare und Protokolle auf sie, die sie aber momentan nicht im Geringsten interessierten. Tibo schaute seinen Vorgesetzten einen Augenblick lang an, bevor er sprach.

„Von wo wusstest du, dass Waluf der Täter ist?"

„Mit Sicherheit konnte ich das nicht wissen, aber meine Erfahrung machte den Verdacht sehr stark, dass Lora eine Affäre hatte."

„Dann hast du also gelogen, dass er des Mordes verdächtigt wurde?"

„Nein, habe ich nicht. Er wurde ja verdächtigt. Von mir nämlich. Nur habe ich absichtlich nicht gesagt von wem. Wenn er annimmt, dass er von der Polizei verdächtigt wird und festgenommen wird, ist das sein Fehler."

„Guter Schachzug Resso."

„Danke Tibo"

„Resso?", nun zögerte der Gehilfe kurz.

„Ja?"

„Wieso spielt die Geschichte eigentlich in einer Fantasiewelt mit Fantasiewesen? Könnte sie nicht ebenso gut in der Menschenwelt stattfinden?"

„Doch könnte sie, aber so ist es doch viel unterhaltsamer."

Der Kommissar grinste und fuhr sogleich fort:

„Das wars für heute. Der Fall ist abgeschlossen. Wir haben uns etwas Ruhe verdient."

Der Gehilfe schaute plötzlich bedrückt auf den Boden.

„Was ist?", fragte Resso.

„Es ist schade, der Fall war eigentlich eine ganz gewöhnliche Liebesangelegenheit. Nichts Besonderes. Schade irgendwie."

„Was hast du erwartet? Immerhin war sie ziemlich gut verpackt, nicht?", entgegnete er mit einem Funkeln in den Augen und fügte an: „Und dreht sich schlussendlich nicht alles um die Liebe?"

Ohne eine Antwort abzuwarten, verliess Resso das Büro. Er lief zu seinem F-Car, öffnete ihn und liess sich mit einem Seufzer auf den Fahrersitz fallen. Um der bedrückenden Stille entgegenzuwirken, schaltete er das Radio an. Aus den Lautsprechern sang Falco:

„… schau, schau, der Kommissar geht um, oh oh oh …", und Resso flog davon.

Danksagung

Dieser Roman war ein 1,5-jähriger Prozess, während dem ich auf mehrere Personen angewiesen war. Zuallererst danke ich meinem Vater, der mit der Umsetzung des Covers meine Vorstellungen übertroffen hat und der sich die Zeit genommen hat, meine Geschichte Korrektur zu lesen.

Weiter danke ich Anna Janka und Ueli Eicher für die wertvollen Anmerkungen und Hinweise. Ihr wart ein essentieller Teil meines Überarbeitungsprozesses.

Zuletzt danke ich meiner Frau und meinen zwei Söhnen, die viel auf mich verzichtet haben und ich nun endlich wieder mehr Zeit für sie habe, zumindest bis ich mein nächstes Schreibprojekt in Angriff nehme.